Memorias de un vigilante

Jose S. Alvarez

Memorias de un vigilante

The present edition is a reproduction of 1922 publication of this work. Minor typographical errors may have been corrected without note, however, for an authentic reading experience the spelling, punctuation, and capitalization have been retained from the original text.

ISBN: 978-1-61895-211-0

ÍNDICE

FRAY MOCHO

José S. Alvarez (Fray Mocho), nació en Gualeguaychú, Provincia de Entre Ríos, el 26 de Agosto de 1858. Su temprana afición a observar los aspectos más pintorescos de la vida le encaminó por el doble sendero del periodismo y de la investigación policial. Así, entre cuartilla y cuartilla, llegó a ocupar el puesto de Comisario de Pesquisas en la Policía de Buenos Aires, que tanto se adaptaba a las modalidades de su espíritu curioso y novelesco.

En ese carácter publicó (1887) su famosa Galería de ladrones de la capital, en 2 gruesos volúmenes, colección de fotografías policiales comentadas con perspicacia; aunque esa obra tenía un carácter puramente técnico, Alvarez demostraba en las más nimias acotaciones esa extraordinaria agudeza de ingenio que más tarde floreció en sus leidísimos cuentos y en su inextinguible pasión de conversar.

En 1899 se asoció con Bartolito Mitre para fundar una revista ilustrada, que llegó a ser la popularísima Caras y Caretas, hoy convertida en magna empresa que coopera al desenvolvimiento de las artes y las letras.

Su obra propiamente literaria consta de cinco libros, en los que supo sacar partido de sus cualidades de observador y de su estilo lleno de gracia picaresca. El "cuento de costumbres" llegó a ser su especialidad, en lo que tuvo muchos imitadores, sin ser igualado.

Su primer libro, Memorias de un vigilante (1897), vio la luz bajo el pseudónimo de Fabio Carrizo; le siguieron Viaje al país de los matreros (1897) y En el mar austral (1898). En el tercer aniversario de su muerte se reunieron sus cuentos, publicados en la revista Caras y Caretas, bajo el titulo Cuentos de Fray Mocho (1906). Otros no han sido publicados en libro y aparecerán con el título Salero Criollo.

Falleció en Buenos Aires, el 23 de Agosto de 1903.

I

DOS PALABRAS

No abrigo la esperanza de que mis recuerdos lleguen a constituir un libro interesante; los he escrito en mis ratos de ocio y no tengo pretensiones de filósofo, ni de literato.

No obstante, creo que nadie que me lea perderá su tiempo, pues, por lo menos, se distraerá con casos y cosas que quizás habrá mirado sin ver y que yo en el curso de mi vida me vi obligado a observar en razón de mi temperamento o de mis necesidades.

II

EN LOS UMBRALES DE LA VIDA

Mi nacimiento fue como el de tantos, un acontecimiento natural, de esos que con abrumadora monotonía y constante regularidad se producen diariamente en los ranchos de nuestras campañas desiertas.

Para mi padre, fui seguramente una boca más que alimentar, para mi madre, una preocupación que se sumaba a las ocho iguales que ya tenía, y para los perros de la casa y para los pajaritos del monte que nos rodeaba, una promesa segura de cascotazos y mortificaciones que comenzaría a cumplirse dentro de los tres años de la fecha y duraría hasta que los vientos de la vida me arrebataran, como a todos los congregados por la casualidad bajo aquel techo hospitalario.

Concluía quizás la primera década de mi vida, cuando un buen día llegó a la casa una tropa de carros, que, desviándose del camino que serpenteaba entre las cuchillas, allá en la linde del monte, venía a campo traviesa buscando un vado en el arroyo, que disminuía en una mitad el trecho a recorrer para llegar al pueblo más cercano.

El capataz habló con mi padre; y éste, de repente, me hizo señas de que me acercara, y dijo:

—¡Este es el muchacho!... Como obediente y humilde, no tiene yunta[1]... ¡el otro que podía igualarlo se nos murió la vez pasada!... ¡Como conocedor del monte y del arroyo, lo verá en el trabajo!

A mí me zumbaron los oídos, y no pude saber lo que el hombre contestó; sin embargo, me di cuenta, así en general no más, de que ya no podría extasiarme a la sombra de los espinillos florecidos viendo cómo las lagartijas se correteaban sobre la cresta de los hormigueros, haciendo relampaguear sus armaduras brillantes, ni pasarme las horas muertas, escuchando el contrapunto de las calandrias y de los zorzales, estimulados por el lamento de los boyeros parados al borde de sus nidos, colgados allá en la extremidad de los gajos más altos y flexibles de los molles[2] y coronillos[3].

Mi padre me sacó de mi éxtasis con su voz ronca y varonil, esta vez impregnada de una dulzura desconocida.

—¡Oiga, hijito!... ¡Vaya, traiga su petisito bayo[4] y ensíllelo!... ¡Va a acompañar a este hombre, que es su patrón!

III

EL VAIVÉN DEL MUNDO

Las corrientes del mundo me arrebataron y luché con ellas con

---

[1] Yunta, no tener. No tener igual.

[2] Molle: arbolito del Chaco que da una madera muy fina.

[3] Arbol de Entre Ríos, Tucumán, Salta y Jujuy, de follaje permanente y muy frondoso y ramas espinosas. Su madera es dura y da una tintura rojo oscura.

[4] De color blanco amarillento. Se aplica más comunmente para designar un color de pelaje de los caballos.

suerte varia; ninguna ¡ay! volvió a traerme hasta los montes nativos, y cuando un día—después de muchos años—volví a ellos, ya no guardaban sino restos miserables, escapados al hacha del montaraz; y del pobre rancho y de la familia que lo ocupó, ni el recuerdo siquiera.

¿Qué fue de los míos?

¿Qué fue de las hojas del tala frondoso, en cuyas ramas flexibles mi madre colgaba la cuna de sus hijos, aquel noque[5] de cuero que la brisa mecía cariñosa?

¿Qué fue de los trinos del boyero y del contrapunto de las calandrias y de los zorzales?

¡Sólo quedan en mi memoria como un recuerdo!

Sirviendo de guía a las tropas de carretas, picando[6] éstas cuando ya mis músculos lo permitieron, de peón aquí, de vago allá, llegó un día para mí dichoso y bendecido—porque es el origen de mi felicidad actual—en que una leva[7] me tomó y puso punto final a mis correrías de vagabundo, perfilando sobre la figura mal pergeñada[8] del pobre gaucho ignorante la simpática silueta del soldado.

Recuerdo, como si fuese ayer, las circunstancias en que fui tomado y voy a tratar de pintarlas, no con la pretensión de hacer un cuadro sino con la intención de presentar una escena de nuestros campos, vulgar y corriente en tiempos no lejanos, pero hoy ya casi exótica, debido a las exigencias de la vida.

---

[5] Cuero utilizado como recipiente.

[6] Picar: aguijonear los bueyes que tiran de las carretas.

[7] Leva: recluta o enganche de gente para el servicio de un Estado. Decíase comunmente de la reunión de ociosos y vagos, que solía hacerse por la justicia para destinarlos al servicio de mar o tierra.

[8] Pergeñada: arreglada, dispuesta.

IV

DE ORUGA A MARIPOSA

Tras un galope de algunas leguas—andaba de vago y era joven y aficionado al baile y las buenas mozas—llegué al viejo rancho desmantelado y solitario—veterano de cien tormentas—donde se iba a bailar, cosa que no era muy frecuente entonces, dada la escasez de población en aquellos parajes.

Al acercarme al palenque, ya pude contar cuántos me habían precedido en la llegada y hasta saber quiénes eran: allí estaban sus caballos a modo de tarjeta de visita.

Primero, el petiso de los mandados—maceta[9] y mosqueador[10]—que buscando verse libre de las sabandijas[11] u obedeciendo a la costumbre de evitarlas, había ido retrocediendo hasta apartarse del grupo, y sembrando el trayecto recorrido con las pilchas[12] del muchacho a cuyo servicio lo había condenado la suerte, que nunca le fue propicia; luego los mancarrones[13] de algunos gauchos pobres y de los viejos vagos del pago, con sus aperos formados con prendas de procedencia diversa y de más diversa fabricación, con sus riendas peludas y anudadas y con sus cinchas enflaquecidas de puro dar tientos para remiendos; y, finalmente, algunos redomones[14] bravíos, que al sentirme llegar yerguen las orejas, relinchan y se agitan, indicándome que ya hay mocetones que me harán competencia en el corazón de las dueñas de esos otros pingos, cuidados y lustrosos, tusados[15] con coquetería, y cuya crin ha servido para dibujar ya un arco atrevido, ya una guarda griega caprichosa, y que lucen

---

[9] Maceta: se dice del caballo que tiene nudos en las rodillas y cuartillas debido generalmente a su mucha edad o excesivo servicio.

[10] Se dice de la caballería que mosque, o sea que mueve constantemente la cola y aún las orejas para espantar los insectos que le molestan o por mala costumbre.

[11] Sabandija: cualquier reptil o insecto, especialmente los asquerosos o molestos.

[12] Pilchas: prendas del recado o cualquier prenda de uso.

[13] Mancarrón: Caballo viejo, muy estropeado o casi inservible por su vejez.

[14] Redomón: Se dice de potro en doma, que sólo un jinete muy bueno puede montar.

[15] Tusado: con las crines recortadas.

bozales tan primorosos y cabestros tan llenos nos de bordados y de adornos.

Son pingos del andar de gente presumida, y hasta con pespuntes de elegantes mozas.

Previo el consabido ladrido de los perros—arrancados por mi llegada a un sueño plácido y tranquilo, el relincho de los redomones del palenque, los saludos del dueño de la casa y las vichadas de las mozas y mocetones, que, cortos[16] con los forasteros, se han ocultado en el rancho, eché pie a tierra y fui a sentarme en el ancho patio recién barrido y carpido, que a la noche serviría de salón de baile, iluminado por la luna plácida y serena, aquella luna de mi tierra que veo al través del tiempo, quizás embellecida por el recuerdo.

Los preparativos para la fiesta estaban en lo mejor.

Allá atrás del rancho, formado por una pieza grande de paja—quinchada[17]—había un remedo de otra, formada por cuatro cueros de potro y algunas ramas mal atadas, que pomposamente se denominaba con el simpático nombre de la cocina.

A través del agujero que le servía de puerta, y por entre la nube de humo que vomitaba, veía, desde donde estaba sentado, un hacinamiento de cabezas, alumbradas por la llama temblorosa del fogón.

Entre risas ahogadas y cuchicheos, oía el canto monótono de la sartén en la que se freían montones de pasteles dorados, que espolvoreados con azúcar rubia, llevados de a seis u ocho—máximum que podía contener el único plato de loza que había en la casa—con destino al depósito general, que estaba en la pieza de paja, bajo la custodia de una vieja vigilante, tía[18] respetada de algunos muchachos greñudos y carasucias, que de vez en cuando se asomaban por ahí, espiando el momento de dar un malón con suerte.

Eran atraídos por el olor apetitoso y agradable de los pasteles, que corría por todo el rancho, y que al penetrar por la nariz ponía en juego las glándulas salivales y hacía caer los estómagos en sueños deleitosos y en éxtasis bucólicos.

Bajo su influencia, uno llegaba hasta a olvidar que los tales pasteles

---

[16] Corto: fig. Tímido.

[17] Quinchada: Dispuesta en forma de tejido o trama. Se emplea en las paredes o techos de los ranchos y en los de los carros y carretas. Sirve para afianzar las construcciones.

[18] Tía: mujer casada o entrada en edad. Es de tratamiento de respeto.

estaban guardados en un viejo fuentón de lata, bajo la cama, en compañía del antiguo cajón de fideos, hoy humilde depósito de tabaco para el uso de la patrona, y expuestos a las correrías irrespetuosas de las pulgas matreras[19], que pasan su vida viajando de los perros a sus dueños y de éstos a los perros, hasta encontrar algún benévolo forastero que, a pesar suyo, las lleve por ahí a tierras lejanas.

Ya una veintena de mates amargos y sabrosos, o no, que eran cebados por un muchacho roñoso—todo un maestro en el arte—habían pasado a mi estómago, haciéndome olvidar la fatiga y el cansancio, cuando las mozas y los mozos, que habían andado por ahí a salto de mata[20], ya más familiarizados con los forasteros, empezaron a dejar sus escondites poco a poco.

Ellos se acercaban serios y graves, nos daban la mano—a mí y a otros convidados desconocidos que estábamos como en asamblea, con el brazo rígido como si fueran a pegar una puñalada o a asigurar un ñudo, murmuraban algo que no se entendía y luego se sentaban en rueda, con toda simetría, tratando, a fuer de bien criados, de colocar los pequeños bancos de una cuarta de alto y formados por un trozo de madera pulido por el uso y las asentaderas, y con las cabeceras llenas de pequeños cortes producidos por el cuchillo al picar el naco, de modo a no dar la espalda a nadie.

Y allí se quedaban con las piernas dobladas y el cuerpo encogido en esa posición en que se encuentran las momias incásicas en sus urnas de barro, pintarrajeadas.

Más allá, parados, con los pies cruzados, un pucho coronando la oreja, medio perdido entre una mecha rebelde que se escapa del sombrero descolorido y ajado, están los gauchos pobres y menos considerados, con sus chiripás rayados, sus camisetas de percal y sus rebenques colgados en el mango del facón, atravesado en la cintura y que asoma por sobre el culero[21] fogueando por el lazo o por bajo el tirador, cuando más sujeto por una yunta de bolivianos[22] falsos.

---

[19] Matrera: arisca, chúcara, cimarrona, en general se aplica a la hacienda.

[20] Mata, andar a saltos de: Huir, andar temeroso.

[21] Culero: Cuero que el peón aplica exteriormente sobre la cintura y los muslos para evitar el roce del lazo sobre las bombachas en los trabajos de campo, cuando los hace de a pie. También se llama culero al tirador.

[22] Bolivianos: Moneda de plata de baja ley, acuñada en Bolivia. Las monedas se usaban como botones para cerrar los tiradores.

Ellas, las mozas, venían en grupo, disimulando su turbación con una sonrisa y haciendo sonar sus enaguas almidonadas y sus vestidos de percaltiesos a fuerza de planchado y que cantaban alegremente al rozar el suelo.

Se sentaban en hilera, graves, por más que la alegría les rebosaba; se ponían serias, pero la risa les chacoteaba entre las pestañas largas y crespas, jugueteaba sobre sus labios y se arremolinaba, allí, en las extremidades de la boca.

Pronto la conversación se hizo general, la fuente de pasteles se puso al alcance de las manos y la familiaridad comenzó a desarrugar los ceños adustos y a alejar las desconfianzas.

Más mozos y más mozas continuaron llegando, y de recepción en recepción y de pastel en pastel, fuimos alcanzando a la noche, que era la aspiración de todos.

Al fin llegó y con ella los guitarreros, que eran tres: un viejo tuerto—verdadero archivo de cicatrices—y dos parditos, que eran sus discípulos, los voceros de su fama y futuros herederos de su clientela en el pago.

Se colocaron los bancos en rueda, destinado el frente que daba al rancho—sitio de honor—para los guitarreros, para las mamás y para los mosqueteros de más consideración; luego seguían las mozas que entrarían en danza y la turbamulta de mirones y de asistentes.

El bastonero[23], que era dueño de casa, se situó en un punto cómodo para abarcar el conjunto y hacer la designación de parejas con la mayor estrictez, y mientras se acordaban las guitarras, empezó a estudiar la concurrencia para—con conocimiento de causa—poder hacer combinaciones que pudiesen satisfacer las aspiraciones de todos: enamorados-bailantes y bailantes solamente.

¡Cómo latía el corazón, en la esperanza de que fuera la moza de su simpatía la que le tocara a uno en aquel reparto de beldades, que duraría lo que durase la pieza!

¿Conmover al bastonero con una súplica? ¡Pero si eso era un sueño irrealizable!

Un criollo bastonero era inconmovible, y, sobre todo, tenía demasiada admiración por las elevadas funciones que desempeñaba para entrar en familiaridades con nadie.

---

[23] Bastonero: persona que designa el lugar que han de ocupar las parejas y el orden en que han de bailar.

¡Baste decir que ni a sus sobrinos tuteaba en esos momentos, por no rebajar su autoridad!

Organizadas las parejas, sonaron las guitarras, y se dejaron oír los acordes de una polka en que trinaban las primas[24] y las segundas[25], y no tanto destinada a ser bailada cuanto a demostrar la habilidad de los ejecutantes: era como un punto de atención echado por el viejo guitarrero.

Los mocetones más empilchados y ladinos fueron los que debutaron. Metidos en sus grandes botas de charol, con el taco como aguja y con todo el frente bordado, daban vueltas pretenciosas de elegantes, pareciendo muñecos movidos por un mismo resorte, tal era la precisión con que seguían el compás que el máistro marcaba con la cabeza.

El bastonero—para satisfacción de las mamás, que se le dormían[26] a los pasteles y al mate, agrupadas alrededor de los guitarreros—circulaba entre las parejas, diciendo cuchufletas[27] y haciendo con su frase sacramental—¡que se vea luz, caballeros!—que las aproximaciones no fueran más allá de lo lícito y honesto.

Concluida la polka, las parejas se deshicieron: las mozas, después de sacudirse las polleras para quitarles la tierra, tomaron asiento y comenzaron a torcer sus pañuelos, a sacarse mentiras o a alisarse el jopo, para dar ocupación a las manos, que ociosas les incomodaban, mientras los mozos volvían sonrientes a nuestras filas, de donde el bastonero los sacaba de uno a uno, para hacerles probar de cierta caña con cáscara de naranja, que tenía reservada para los preferidos.

Volvieron a sonar las guitarras, haciéndose oír un rasgueo, alegre y armonioso; era un gato que se bailaba solo de puro sentido y bien tocado.

Dos parejas salieron al medio de la rueda. La segunda, que era puramente decorativa, pasaba desapercibida: la primera era formada por un mocetón de color bronceado—vistiendo amplio chiripá de grano de oro, caído hasta el taco de la charolada bota de campana, camiseta de

---

[24] Prima: primera cuerda de la guitarra, la de tono más agudo.
[25] Segunda: cuerda de la guitarra.
[26] Dormírsele a algo: quedarse con algo, no soltarlo; se aplica en especial a comidas y bebidas.
[27] Cuchufleta: Broma.

merino negro tableada, pañuelo volador de seda punzó, sombrero chambergo de felpa con un barbijo lleno de borlas que le castigaban la nariz y la barba—y por una moza, no mal parecida, que lucía entre el cabello negro, lustroso, un ramo de fragantes claveles rojos y que indudablemente era la consentida del mocetón.

Debutó él con un saludo y luego con un zapateado en que lucía todas las gracias de sus pies adiestrados, siguiendo al mismo tiempo el compás, mientras el guitarrero se desgañitaba, gritando con voz gangosa: "¡salta la perdiz madre!" y ella, la consentida, se hacía la que huía de los ataques del animalito que era empecinado y la seguía, haciendo resonar el suelo con el acompasado golpeteo de sus pies.

Iba a terminar la pieza, cuando de allá de la última fila de mirones y gauchos pobres salió una voz que dijo ¡barato![28], mientras avanzaba a reemplazar al mocetón—que parecía ceder su puesto de mala gana— otro, que era su rival y que, aunque más despilchado, tenía la habilidad de cantar y no dejaba de ser famoso en el pago.

Su aparición fue aplaudida, y la muchacha, encendida, se remilgó y trató de lucir toda su gracia al que le daba tal prueba de distinción.

Cuando llegó el momento del canto, moduló con voz llena de dulzura, aunque emitida por la nariz, unas coplas llenas de sentimiento en que había una que envolvía todo un piropo, que venía como de molde:

> ¡Las muchachas bonitas
> Son perseguidas
> Como la azucarera
> Por las hormigas!

Y remató su canto con un escobilleo que arrancó voces de admiración: los pies se movían con tal presteza, mientras el tronco permanecía recto, que era imposible seguirlos con la vista.

La muchacha volvió a su asiento, y el mocetón quedó gozando de su triunfo, orgulloso y satisfecho.

La caña hizo su aparición, llevando la alegría a todos los corazones, y los guitarreros, después de tocar un triste, en que palpitaban todos los

---

[28] Barato, pedir un: ofrecerse para una lucha o juego.

anhelos de un alma enamorada, comenzaron a puntear un pericón con todas las reglas del arte.

Salieron las parejas al centro, elegidas con cuidado por el bastonero, entre los mozos y mozas de más fama.

Hicieron la demanda, algo como la primera figura de la cuadrilla— con mucho garbo y donaire, rivalizando ellos en gravedad y ellas en sonrojo—y vino el alegre que permitió a un aficionado, mientras las dos parejas valsaban, lanzar su nota quejumbrosa:

> Las estrellas en el cielo
> forman corona imperial.
> Mi corazón por el tuyo
> Y el tuyo ¡no sé por cuál!

Y concluyeron su danza con el cielo—pasadas las peripecias de la cadena—en que los bailarines coronaron su esfuerzo, haciendo castañetear los dedos al compás de la música y con gran habilidad, mientras las guitarras gemían con un vals lleno de sentimiento y armonía de esos que, según la expresión consagrada, levantan de los pelos.

Y tras el pericón vino un triunfo, donde se floreó aquel que fue héroe en el gato y que endilgó estas indirectas a su moza:

> Dicen que las heladas
> Secan los yuyos,
> ¡Ansí me voy secando
> De amores tuyos!
> ¡Este es el triunfo, madre
> Dueña del alma;
> Más quiero dulce muerte
> Que vida amarga!

***

> ¡Ni aunque todos se opongan
> Los doloridos,

10

No hay dolor que se iguale
Al dolor mío!
¡Este es el triunfo, madre,
Dame la muerte,
Dámela despacito,
No me atormente!

Y así siguió toda la noche la jarana, mientras la caña circulaba y los corazones anhelosos se buscaban, tratando de fundir en una sola todas sus aspiraciones.

Con los primeros rayos de la aurora se pensó recién en poner punto final a la fiesta, y los guitarreros echaron el resto en una hueya[29] de aquellas donde se oyen quejidos y risas, donde se ven lágrimas y alegrías, verdadero reflejo del carácter de nuestro gaucho.

Las guitarras comenzaron a vibrar, mientras uno de los cantores gemía con voz gutural:

¡Por una ausencia larga
Mandé sangrarme,
Hay ausencias que cuestan
Gotas de sangre!

***

¡A la hueva, hueya,
Hueya sin cesar,
Abrasé la tierra
Vuelvasé a cerrar!

Y tras la hueya, la concurrencia comenzaba a despedirse y a dirigirse al palenque—unos en busca de sus pilchas para dormir por ahí, en cualquier parte, otros para tomar sus caballos y buscar su rancho, solos o acompañando a alguna de las damas que, llevando en ancas a su mamá, volvía al suyo,—cuando de repente un tropel de caballos despertó los ecos del campo dormido, y coreado por ruidos de latas, pasos precipitados, ladridos de perros y ayes acongojados de las mujeres

---

[29] Hueya: grafía de acuerdo con la dicción habitual; lo correcto es huella.

asustadas, resonó estentórea una voz vinosa que, dominando aquel desconcierto, nos dejó como clavados en el puesto que cada uno ocupaba.

—¡Alto a la polecía!... ¡No se mueva naides!

Vino el dueño de casa y se acercó al que gritaba, que no era otro que el sargento de policía que andaba de recorrida:

—¿Qué busca, mi sargento, por estos pagos? ¿En qué le podemos servir?

—¡En nada, amigo!... ¡A ver, caballeros, formensén en ese limpio[30]: vamos a revisar las papeletas![31]

Cinco de los presentes carecíamos de semejante documento y algunos de ellos, como yo y el que despúes fue el cabo Minuto, que murió en los Corrales[32] en 1880, ni habíamos oído hablar jamás de tal requisito que debieran llenar los ciudadanos.

¿Quién se iba a ocupar en enseñarnos las leyes?

¿Con qué objeto?

¡Ya se encargará el castigo de probarnos que no era bueno desobedecer los mandatos del Gobierno!

Excuso decir que hasta sin despedirnos del dueño de casa abandonamos el viejo rancho bamboleante, rodeados por la partida y montados de dos en dos en mancarrones inservibles a cuyas piernas hubiese sido una locura confiarles una esperanza de salvación.

¡Los fletes nuestros y nuestras pilchas mejores, serían la presa de los piquetanos que nos habían cazado como a chorlos![33]

¡Ahí quedaban entre sus garras hambrientas!

Siempre he pensado, después, que estos procedimientos son el origen de ese odio ciego, de esa invencible antipatía que los soldados de línea sienten por las policías rurales, y que los hombres observadores no alcanzan a explicarse.

---

[30] Limpio: descampado, espacio libre.

[31] Pepeleta: nombre que suele darse vulgarmente a la libreta de enrolamiento en la campaña del Litoral y del Noroeste.

[32] Los Corrales: mataderos que desde 1877 estaban instalados en el actual Parque Patricios, en terrenos comprendidos entre las calles Caseros, Rioja (hoy su continuación Monteagudo) y Arena (hoy Av. Almafuerte). Allí se desarrolló una de las batallas de la revolución de 1880.

[33] Como a chorlos: fácilmente, sin ninguna dificultad.

¿Trata uno de cobrarse las prendas tan injusta como infamemente arrebatadas en un momento de desgracia?

Puede ser...

El hecho es que cada vez que se ve una chaquetilla de infantería puesta sobre un pantalón particular, un sable golpeando sin gracia las canillas de un compadrito y un kepí[34] con vivos colorados jineteando sobre una chasca[35] enmarañada y estribando en los cachetes por medio del barbijo roñoso, el alma se subleva: uno recuerda los primeros dolores y las primeras humillaciones, y, por las dudas, pela[36] el machete para vengar, si no los agravios de uno, los de aquellos que más tarde han recorrido el áspero sendero.

V

DE PARIA A CIUDADANO

Fui soldado y me hice hombre.

Con el 64 de línea, adonde me destinaron por cuatro años, como infractor a la ley de enrolamiento, recorrí la República entera, y, llevando en mi kepí el número famoso, sentí abrirse mi espíritu a las grandes aspiraciones de la vida.

Allí, en las filas, aprendí a leer y a escribir, supe lo que era orden y limpieza, me enseñaron a respetar y a exigir que me respetaran, y bajo el ojo vigilante de los jefes y oficiales se operó la transformación del gaucho bravío y montaraz.

¡Ah!

---

[34] Kepí: la academia establece quepís para el nombre de la gorra ligeramente cónica y de vicera horizontal.

[35] Chasca: se llama así el pelo de la cabeza cuando está enredado.

[36] Pelar: sacar.

¡Qué día, aquel feliz, en que después de cuatro años de rudo aprendizaje tuve en mi brazo la escuadra de cabo 2º de la 4ª Compañía!

¡Era alguien, y esto es mucho para quien no había sido nada!

Ya no era el paria, el desheredado, el caballo patrio[37] que cualquiera ensilla y nadie cuida: era el cabo Fabio Carrizo, el principio de aquel sargento 14, que en 1880 recibía su baja absoluta, después de diez años de servicios prestados dondequiera que hubiese flameado la vieja bandera, jurada allá en la cuesta de una loma en marcha para San Luis.

¡Aquel batallón fue mi hogar y fue mi escuela!

¡Hoy, cuando lo veo desfilar por las calles, siempre con el aire marcial a que obliga la tradición del número, busco en vano el rostro tostado de aquellos que conmigo tiritaban en los fogones de la frontera, y ya no están!

¡Queda sólo del tiempo viejo de las miserias sufridas en silencio, la gloriosa bandera deshilachada que tantas veces cuidé en largas horas de angustia y cuya vista hace latir todavía mi corazón como en aquellas, dichosas, en que, al regreso de una expedición arriesgada de la que muchos de los nuestros no volvían, era sacada para que el capellán dijera ante ella su misa por el eterno descanso de los que quedaban allá entre las sinuosidades de las sierras, en el triste cementerio aldeano o bajo el manto eterno de verdura de la pampa desierta y misteriosa!

VI

EL TUFO PORTEÑO

Se había extinguido la última chispa de aquel incendio que, comenzando en la Plaza de la Victoria[38] se propagó por toda la

---

[37] Patrio: caballo que pertenece al Estado.

[38] Se refiere a las luchas que sucitó la separación de Buenos Aires del resto de la Confederación y que sólo terminó con la Federalización de la ciudad de Buenos Aires.

República y estuvo a punto de hacer revivir las épocas de barbarie que el tiempo y la civilización habían muerto en nuestra patria, y auras de paz y de progreso corrían desde Jujuy hasta el Estrecho y desde los Andes al Atlántico.

Cumplido mi servicio, pulido mi espíritu hasta donde me había sido dado lograrlo y ansiando mezclarme al mundo de Buenos Aires, que hervía a mi alrededor y me atraía como atrae siempre lo desconocido, pedí mi baja y me separé del 6º; como quien dice, dejé mi casa, y en ella todos los halagos de mi juventud, todas mis afecciones de la vida.

Con mi baja en el bolsillo y con una carta de recomendación de mi coronel, me presenté al señor don Marcos Paz[39], que era entonces él Jefe de Policía, en su despacho del Departamento viejo[40], que ocupaba lo que hoy es la Avenida de Mayo[41], frente a la Plaza de la Victoria.

¡Cómo palpitaba mi corazón al encontrarme en el vasto salón, cuyas ventanas se abrían hacia la plaza, en el cual yo contemplaba el hervidero de gentes que me atraía!

¡Oh!... ¡Cuánta ilusión durante las largas horas de espera!

Aquellos hombres que pasaban afanosos, secándose el sudor de sus frentes, aquellos que con un cigarro en la boca caminaban despreocupados y tranquilos, yo los conocería en mi hora, yo sabría de las pasiones que los movían y de las esperanzas que los alentaban.

Y alguna, quizás, de esas preciosas mujeres que como en un

La Plaza de la Victoria, o Plaza Victoria, fue el nombre con que se conoció tradicionalmente a la actual Plaza de Mayo, que hasta 1883 estuvo dividida por la Recova Vieja en dos: la Plaza 25 de Mayo, frente a la Casa Rosada, y La Victoria, nombre que data de 1808 y que le fue impuesto en conmemoración de la victoria del 12 de agosto de 1884, demolida La Recova, las dos plazas quedaron unidas bajo la denominación actual.

[39] Marcos Paz: hacendado (1844-1904). Al federalizarse Buenos Aires en 1880, ocupó la jefatura de policía; más tarde fue diputado nacional y miembro del directorio del Banco de la Nación.

[40] Departamento viejo: alusión al Departamento de Policía, situado, en esa época, en la calle Bolívar, entre el Cabildo y la casa llamada «Altos de Riglos». Era un edificio chato y sencillo, con techo de tejas. También estaba allí la cárcel de encausados. Cuando se abrió la Av. de Mayo fue demolido junto con una parte del Cabildo, pero en ese entonces el edificio ya no estaba ocupado por el Departamento de Policía, sino por la Municipalidad de Buenos Aires.

[41] La Avenida de Mayo: fue abierta en 1889; en ella se empleó por primera vez en la ciudad el afirmado de madera; hasta entonces sólo se conocía el de adoquines.

relámpago pasaban en sus coches lujosos, deslumbrando mi vista, estaba destinada a apartarse conmigo, allá, a una casita lejana, en cuyo umbral modesto irían a morir sin rumores las olas tempestuosas que me azotaran en las horas de lucha.

Y luego mi vista recorría con asombro los muros del despacho, empapelados de color granate; los muebles tallados de los cuales no tenía la menor idea, y comparaba aquello—que yo creía la última expresión del lujo—con el destartalamiento de la carpa del coronel que, a nosotros, nos parecía suntuosa.

¡Era el punto de comparación que teníamos para darnos cuenta de la magnificencia de los palacios encantados que en sus cuentos nos describía el trompa Gareca, aquel viejo veterano que recibió el Sol del Ecuador a las órdenes de San Martín, que fue asistente del general Paunero[42] en la guerra del Paraguay y que hoy duerme el sueño del olvido en las soledades de Las Manzanas![43]

Cayó durante uno de aquellos combates homéricos del general Conrado Villegas[44], con el bravo Namuncurá[45], y allá se quedó... como se han quedado tantos—modestos y oscuros, de esos que cumplen el deber por el deber y a quienes los eunucos[46] de la acción y del pensamiento les llaman soñadores porque no pusieron, sobre todo, las exigencias de la bestia,—sin que la patria les recuerde, por más que le consagraron lo único que poseían: ¡la vida!

---

[42] El General Paunero: Wenceslao Paunero (1805-1871). Tuvo una destacada función en la guerra con Paraguay, además de innumerables campañas contra los indios y las montoneras; ascendió a general en la Batalla de Pavón. Fue candidato a vicepresidente de la República en 1868.

[43] Las Manzanas: paraje próximo a la Villa Gutiérrez, departamento de Ischillín, provincia de Córdoba.

[44] General Conrado Villegas: (1840-1884). Actuó en la Guerra del Paraguay; tomó parte en la campaña contra Mitre en 1874; luchó con los indios en 1877; acompañó a Roca en la campaña del Desierto y fundó Choele-Choel; actuó en la represión de la Revolución del 80.

[45] Namuncurá: Manuel Namuncurá, casique voroga, nacido en Chile y llegado a la Argentina en 1834. Se mantuvo en lucha constante contra la llamada civilización e intervino en las Luchas Intestinas del país poniendo sus lanzas al servicio de diversos contendientes. Era un hombre de gran valor y fuerza y hábil para mantener su casciscazgo. Fue el último jefe indio que se rindió en la Conquista del Desierto que realizó Roca. Se lo nombró «Coronel de la Nación». Uno de sus hijos se hizo sacerdote católico y otro fue militar del Ejército Argentino.

[46] Eunuco: hombre castrado.

De repente me sacó de mis sueños y contemplaciones la voz del ordenanza, quien tocándome en el hombro, me decía:

—¡Ahí está el jefe!... ¡aproveche!

VII

MOSAICO CRIOLLO

Avanza hacia mí un hombre alto, delgado, de color pálido, ceñudo, pero en cuya fisonomía serena se leía algo de bondadoso que atraía:

—¿Qué se le ofrece, paisano?

Solamente el Himno Nacional tiene notas comparables a las que yo encontré en esta frase sencilla me pareció ver el sol dentro de aquel salón oscuro.

—¡Traigo esta carta para Usía...; es de mi coronel!

Rompió la cubierta, tomó la cartulina que contenía y luego de recorrerla, exclamó:

—¡Diez años de servicio sin un arresto, y dos ascensos por acción de mérito!... ¿Qué es lo que desea, sargento?

—¡Querría servir con Usía en la policía!

—¿Conoce bien la ciudad?

—No, señor.

—¡Bueno!... ¡Ya se hará a la cancha![47]... Vea, no tengo sino puestos de vigilante; pero aquí, con buena conducta, se asciende pronto.

—Está bien, señor.

Y diez minutos después recibía mi ropa en la mayoría[48], y quedaba como vigilante en la guardia del Departamento.

---

[47] Se hará a la cancha: se acostumbrará. La frase está tomada del vocabulario familiar de las carreras cuadreras.

[48] Mayoría: oficina del Sargento Mayor.

El principio de mi carrera fue penoso y mortificante. Carecía hasta de las nociones más elementales de lo que formaba la vida de la ciudad, y todo era para mí motivo de asombro y de curiosidad.

Las calles, los tramways, los teatros, las tiendas y almacenes lujosos, las jugueterías, las joyerías, las, iglesias, no era extraño que me arrastraran hacia ellas con fuerza invencible y que no tuviera ojos ni oídos para observarlas y asombrarme: era que todo me llamaba, todo me atraía.

No conocía ningún detalle de la vida civilizada, y cada cosa que saltaba ante mi vista era un motive de sorpresa. No hablo, por cierto, de las maravillas de la electricidad, de la fotografía, de la imprenta e de la medicina, que eran cosas abstractas para mí en ese tiempo: hablo de los carros, de los carruajes, de los vendedores ambulantes, del adoquinado, del agua corriente, que no podía comprender cómo manaba de una pared con sólo dar vuelta a una llave; del gas, que me producía verdadero delirio cada vez que pensaba en él; de las casas de vistas[49], de las vidrieras lujosas, del sombrero, de la ropa y hasta del modo de reír y conversar de las gentes.

Durante un mes mi cerebro trabajó como no había trabajado durante todos los días, de mi vida, reunidos, y de noche las paredes desnudas de mi modesto cuarto de conventillo me veían caer como borracho sobre mi cama, abrumado bajo el peso de las sensaciones de cada día.

Me acostaba, y la baraúnda de las calles zumbaba en mis oídos, y desfilaban, en hilera interminable, las figuras heterogéneas que en el día habían pasado ante mi vista.

Veía las mesitas de hierro de los cafés y confiterías de la Recoba[50], que dividía las plazas de la Victoria y 25 de Mayo—que años más tarde demolió el intendente Alvear,—rodeadas por borrachines paquetes[51], por otros ya transformados en verdaderos descamisados o que estaban

---

[49] Vistas: proyección de imágenes cinematográficas.

[50] La Recoba: grafía arcaica, la correcta es Recova. La Recova primitiva fue un edificio construido en tiempos del Virrey del Pino (1803); ocupaba el centro de la actual Plaza de Mayo; constaba de un arco central y veinticuatro arcadas, doce a cada lado. Durante la época de Rosas (1835) el estado la sacó a remate, pero no se aceptó la oferta que se hizo. Al año siguiente la compró Tomás Anchorena y durante la Intendencia de Torcuato de Alvear (1883) fue expropiada y demolida.

[51] Paquete: elegante, que sigue la moda, bien vestido.

por serlo, por soldados y marineros barajados con clases[52], oficiales y hasta jefes, y en las calles laterales y en las veredas, hombres cargados con canastas, que anunciaban en todos los tonos las más variadas mercancías, gentes apuradas, que se llevaban por delante unas a otras; carruajes, carros, tramways, y más lejos, allá abajo, en el puerto, máquinas de tren que cruzaban, vapores que silbaban, changadores que corrían, carros que andaban entre el agua como en tierra, y sirviendo de fondo a la escena el río imponente con su festón de lavanderas en el primer plano, y en lontananza un bosque impenetrable de mástiles y chimeneas.

Pero lo que más me desvelaba eran las ilusiones del oído, aquellas voces pronunciadas en todos los idiomas del mundo y en todos los tonos y formas imaginables.

Veía venir a un italiano bajito, flaco, requemado, que, con voz de tiple[53], aunque doliente como un quejido, exclamaba acompasadamente: "Pobre doña Luisa", "Pobre doña Luisa", mientras lo que en realidad hacía era ofrecer los fósforos y cigarrillos que llevaba en un cajón colgado al pescuezo; otro alto, rollizo, con un cuello de media vara, y llevando canastas repletas de bananas y naranjas, exclamaba en tono alegre: "arránqueme esta espina"; mientras un francés que vendía anteojos, cortaplumas y botones, anunciaba con un vozarrón de bajo: "soy un pillo", coronado por un vendedor de requesones, que clamaba intermitentemente: "tres colas negras".

Luego, de allá, del fondo de la memoria, surgía la figura de un semigaucho, que con reminiscencias de vidalitas, ofrecía su mazamorra batida, y tras él un negro pastelero, que silbaba y muy echado para atrás, muy ventrudo, llevando en la cabeza un gran cajón de factura, soplaba como un fuelle: "ta tapao; meté la mano".

Mi cabeza era un volcán: todo lo oía, todo lo interpretaba y mi cuerpo se debilitaba en aquellas horas de agitación y de fiebre.

¡Buenos Aires entero, con sus calles y sus plazas y su movimiento de hormiguero, bullía en mi imaginación calenturienta!

---

[52] Clases: individuos que forman los escalones intermedios entre los oficiales y los soldados rasos.

[53] Tiple: la más aguda de las voces humanas.

VIII

LOS BOCETOS DE UN MIOPE

¡Y considerar que a pesar de haber tanta gente a mi alrededor, de tener tantos compañeros en mi nuevo puesto, yo estaba solo, solo como si me hallara en el desierto!

¡No había en la multitud un alma que armonizara con la mía, y envidiaba de corazón a los cabos y sargentos que de nada se asombraban y parecían saberlo todo, no sabiendo nada en realidad, y a los soldados como yo, a quienes no les preocupaba lo que ignoraban, sino lo poco que sabían y tenían el coraje de estar alegres y de reír!

¡Con qué ahinco estudiaba mis obligaciones, y cómo me contraía a mis deberes, circunscribiéndolos al límite más estrecho que era posible, tratando de aislarlos del mundo aquel, que me rodeaba y que temía!

¡Pronto aprendí lo poco del oficio que tenía que aprender, y libre y despreocupado pude entregarme a la investigación paciente y minuciosa de todo lo que me rodeaba, a la observación metódica y tranquila de todo lo que veía y oía, y cuánta conquista pude hacer para mi alma anhelosa de conocer, y sedienta de vivir!

Tengo grabadas en la retina, y para siempre lo estarán tal vez, las escenas callejeras que más me impresionaron, los cuadros de la vida que primero descifraron mis ojos y las primeras letras del abecedario social que aprendí a conocer.

Mi primer servicio en carácter de vigilante fui a prestarlo a los veinte días de mi ingreso, bajo la dirección del cabo Pérez; el teatro elegido fue el Ministerio del Interior[54], donde se requería, por no sé qué causa, ayuda de la fuerza pública.

El tal servicio consistía en estar parado en la puerta de la sala de espera... y en nada más.

Quince días pasé desempeñando mi comisión con toda conciencia, bajo la inmediata vigilancia del cabo, que era flamante, lleno de

---

[54] El Ministerio del Interior: Los ministerios del Gobierno Nacional tenían su sede en la Casa Rosada.

ardimiento, y creía que las funciones que desempeñábamos eran de esas que ni los pueblos ni los gobiernos olvidan, y hacen de los que han tenido la suerte de ocuparse en ellas una especie de dioses chicos, merecedores, no ya de estatuas en las plazas públicas, sino de ser tenidos como ejemplos en la historia de la humanidad civilizada.

¡Pobre Pérez!

¡Era español, como de treinta años, y se tenía por bello, por valiente y por muy entendido en achaques de ordenanzas de policía! ¡Casi no había buena cualidad atribuida por los hombres de una época a los que vivieron en otra, que él, con una modestia verdaderamente infantil, no se las atribuyera y tratara de convencer, a los pocos con quienes tenía contacto en el mundo, que verdaderamente las poseía!

Era generoso, y una vez casi lloró porque lo mandaron al Once de Septiembre y no le dieron dos pesos de los viejos para el tramway; era suertudo en lides de amor, y la mujer se le escapó con un sepulturero de la Recoleta, que se iba como administrador del Cementerio de Navarro[55]; era sobrio y por lo general lo arrestaban por ebrio; y era valiente, y hubo que darlo de baja porque desertó una consigna, perseguido por unos vendedores de diarios, que le quitaron el machete y el kepí.

¡Allí, en el Ministerio, se daba un corte bárbaro, y aún me parece ver su figurita, que parecía recortada de una caja de fósforos!

Con paso reposado medía, contoneándose, el ancho corredor, mientras yo estaba de facción en la puerta del salón de espera, casi al lado de la ventanilla correspondiente a la Mesa de Entradas y Salidas.

Invariablemente llevaba la mano izquierda apoyada en la reluciente empuñadura del machete, la derecha suspendida por el pulgar en la parte delantera del cinturón, jugando como al descuido con la cadena— virgen seguramente en poder del cabo—, el kepí volteado con aire coqueto sobre la oreja y echando sombra sobre un ojo de color blanquizco, que parecía hacerle guiños a una nariz arremangada y carnuda, que emergía de entre unos bigotes semirrubios y enmarañados, que eran el orgullo de su propietario.

---

[55] Navarro: partido de la provincia de Buenos Aires, tiene una superficie de 1.625 km2; limita con los partidos de Mercedes, General Las Heras, Lobos, Veinticinco de Mayo, Chivilcoy y Suipacha. Tuvo su origen en un fortín de frontera en el último tercio del siglo XVIII.

Con esto y con bañar su rostro en una sonrisa con pretensiones de picarescamente bonachona, quedaba perfilado el cabo Pérez en toda su graciosa majestad.

Estas impresiones, que son las primeras que tuve en Buenos Aires, puede decirse, las tengo presentes, y las siento como si fueran de ayer; veo aún las escenas y las cosas, tal como se presentaron a mí, así en tropel, medio confusas, informes, barajándose de una manera infernal, figuras, espectáculos, diálogos, ruidos y hasta aire de personas absolutamente desconocidas, que yo encontraba en la calle o veía en las antesalas del Ministerio en las horas de facción.

Durante mi corta comisión alcancé a conocer, con sólo verlos caminar, a los vagos que pasan la vida en las antesalas, buscando empleo; a los imaginativos que se creen en posesión de los puestos que anhelan porque han llevado al ministro una carta de cualquiera que se les antoja de valimiento[56], a los pichuleadores[57], a los amigos de confianza de los escribientes y auxiliares, a los de otros que vuelan más alto, a los comisionistas, a los noticieros de los diarios, a las señoras honestas que buscan pensión y a las más interesantes aun que gestionan asuntos por cuenta ajena; fueron las que estudié y observé con más detenimiento, porque eran las que abundaban y las que constantemente tenía ante los ojos.

Las conocía por el aire de suficiencia que respiraban, por la majestad, que como un perfume se exhalaba de sus personas, y por el amaneramiento de todos sus gestos y ademanes.

No vagaban sin rumbo bajo los largos corredores de la Casa de Gobierno, buscando aquí y allá una oficina desconocida, como cualquiera 19 viuda que busca pensión, empleo para un jovencito que es una monada, o beca para una señorita joven pero honrada; no señor, ellas iban seguras a su objeto, serenas, tranquilas, y no necesitaban indicaciones ni lazarillos.

No se las veía en las antesalas haciendo esperas, porque conocían las horas del despacho, y si se adelantaban por un caso fortuito, se paseaban en los corredores con aires de dueñas de casa, o formaban en la rueda de los ordenanzas y porteros, donde salpicaban los comentarios banales o los chismes corrientes, con la observación mordaz o el relato

_____

56 Valimiento: amparo, favor, protección, defensa.
57 Pichuleador: conseguir afanosamente pequeñas ventajas en ventas o negocios.

pimentado, recogido de "los mismos labios de los de la presidencia", "de los del Congreso" o de cualquier otro foco de fama indiscutible.

Yo, en mi facción al lado de la Mesa de Entradas y Salidas, que es su teatro, las veía en toda su magnificencia y gozaba en grande, viéndolas desfilar en su opulenta variedad.

Al principio creía en sus amenazas, en sus cóleras, en sus penas y hasta en sus súplicas, pero después me convencí de la realidad— comedia pura—y al cabo de dos o tres días oía los diálogos con curiosidad, pero sin interesarme mayormente ni por el asunto ni por quienes lo trataban.

IX

CINEMATÓGRAFO

Se acercaba a la ventanilla, tras la cual estaba el empleado encargado del despacho, una señora seria, pero con una seriedad de esas que llaman la atención en dondequiera y a cualquier hora y se sucedían los diálogos y las escenas.

—¡Para servir a usted!... ¿El expediente número cuatrocientos veinticinco, letra L, de la serie H?

—¡Está en Contaduría, señora!

—¿En Contaduría?... ¡Pero qué escándalo! ¡Es inaudito! ¡Hace seis meses que está en la misma oficina! ¡Esa Contaduría es una carreta, señor! ¡Seis meses para una simple toma de razón; usted ve que eso habla muy poco en favor de la administración nacional! A Dios gracias tengo buenas relaciones en la prensa y ya verá usted la mosquita que le haré poner[58] al señor contador... ¡Ya verá usted y se reirá!... ¿Y no sabe cuándo vendrá el tan célebre expediente?

---

[58] La mosquita que le haré poner: amenaza con hacer público un comentario que molestará.

23

—No, señora..., ¡no puedo decirle nada al respecto!

La señora se sonríe y exclama, por si acaso, como quien tira un anzuelo por si pica.

—¡Muchas veces en ustedes pende el despacho!... ¡No me diga usted a mí; conozco muy bien lo que son oficinas!

Y no teniendo respuesta a su jactancia, se retiraba con aire majestuoso y cedía el puesto a otra dama también de fuste[59], aunque bastante vivaracha y nerviosa.

—¿El expediente número mil cuatro, letra P, sobre embargo de sueldo al vigilante Zacarías Machete?..., ¡un guardián que no le gusta pagar casa y que tiene unas costumbres que da vergüenza!... Figúrese usted que...

—Por orden del señor ministro, señora, esos expedientes dientes están reservados... Son tantos, que para firmarlos se necesita un mes entero...

—Es decir que el público es nadie, y que tenemos que aguantar...

—Pero señora, es que...

—¡No me diga usted, no me diga!... ¡Todo es porque el ministro no se incomode!... ¡Cuidado, no se vaya a mancar firmando!

—Pero señora, si es que...

—¡Yo sé bien, sí, lo que hay en todo esto; lo que se necesita para mover los asuntos, son recomendaciones, cartitas, empeños[60]... y aceite para la máquina![61]... ¡Pero, déjese usted estar; yo veré al ministro y le contaré lo que pasa! ¡Se ponen ustedes a charlar y a tomar té, y no llevan los asuntos a la firma! ¡Ya verán ustedes el trote[62] que les voy a meter!

—Pero señora... ¡mire usted que está faltando[63] en la oficina!

—¡Ahora mismo voy a ver al ministro, y ya sabrá usted si estoy faltando!

El empleado ve que toda reflexión es inútil y se retira de la ventanilla.

La señora se aleja, vociferando y maldiciendo de los empleados, de su

---

[59] Fuste: fig. Nervio, sustancia o entidad. Importancia.

[60] Empeño: recomendación. Protector, padrino.

[61] Aceite para la máquina: eufemismo para referirse al soborno de los empleados públicos por medio de dinero.

[62] Trote: fig. y fam. Apuro, trabajo, tarea pesada. Se usa con los verbos dar y meter.

[63] Está faltando: al respeto, está diciendo inconveniencias.

falta de educación, de su descortesía con las señoras, y jurando que les hará ajustar las cuentas, aunque tenga que perder un ojo de la cara.

¡Ya verán con su sobrino, noticiero de un diario de oposición y mozo que tiene una pluma que es un serrucho de reputaciones!

Y aparece tras ella otra señora, pero ésta no es como las anteriores, sino humilde, inocente, y en su fisonomía no hay rasgo revelador de las tempestades que rugen en su alma.

—El expediente sobre concesión de bosques en el Chaco, iniciado por don Palemón Tagliarin... ¿podría usted informarme?

—¿Qué número tenía, señora?

—¡El número no lo sé... pero si usted me hiciera el obsequio de buscar por la letra!...

—¡Hay una enormidad de expedientes, señora, y me es imposible echarme a buscar entre ellos el suyo... así... sin dato ninguno!...

—¡Le agradecería, señor, que me lo buscara: es un favor!... Fue presentado en noviembre...

El empleado, refunfuñando, comienza a remover enormes masas de papel, y al fin extrae el codiciado expediente.

—¡Vaya... aquí está! ¡Hay una reposición de sellos!

—¿Qué resolución tiene, señor?

—No puedo decírsela hasta que no me traiga usted tres sellos.

—Pero señor, soy una persona...

—Es inútil, señora; yo no quiero que me caiga una multa... ¡Traiga usted los sellos y sabrá la resolución!

La señora sale y al rato vuelve, habiendo hecho el desembolso necesario para llenar el deseado requisito.

—¡Aquí está, señor! ¿Podría decírmela?...

—Sí, señora. "Previa reposición de sellos, no ha lugar y archívese."

—¡Pero señor, qué escandaloso! ¿En qué tierra vivimos? ¿Es posible que haya gastado tantos pesos para tener semejante resolución? ¡¡Esto es una pillería, un robo, una judería![64]

—¡Señora, yo no tengo la culpa!... ¿Qué le vamos a hacer?

—¡Ya verá usted lo que le vamos a hacer! ¡Cómplice! ¡Fariseo![65] ¡Judas Iscariote! ¡Porque me ve así no crea que soy lo que parezco; ahora mismo veré al ministro!... ¡No ha lugar y archívese!..., ¿y entretanto al

---

[64] Judería; acción engañosa con que se obtienen procechos ilícitos.
[65] Fariseo: fig. Hombre hipócrita.

señor Mengano y al señor Zutano les conceden?... ¡Es claro, todos son de una camada!... ¡Pero conmigo se han de ver las caras, no hay cuidado! ¡Yo no tengo pelos en la lengua, y se las he de cantar!

El empleado se retira con toda cachaza, y va a ocupar su asiento; la señora sale de la oficina con una rapidez de huracán, gesticulando y tartamudeando improperios contra el gobierno y los empleados, y, todavía, al toparse conmigo, me da un encontrón, y como un relámpago alcanza al cabo Pérez que, siguiendo sus paseos coquetos e inofensivos, ignora lo sucedido y le azota con esta frase, cuyo final va a perderse allá en los vericuetos del zaguán que da salida a la escalera, frente al despacho presidencial:

—¡Ladrones!... ¡Permita Dios que venga el cólera y acabe con todos! ¡Fariseos!... ¡Asesinos!

X

LA LINTERNA DE REGNIER

Fue aquí, en este servicio, donde por primera vez conocí a don Tomás Regnier, mi compañero desde pocos días después, y mi maestro siempre. Fue él quien encontrándome perdido en medio de la multitud, sirvió de guía a mi alma, pudiera decirse infantil; fue mi maestro y fue el foco de luz que iluminó mi espíritu, proveyéndome de armas—él que era inerme para emprender con vigor la pesada lucha por la vida.

Todas las tardes, invariablemente, llegaba a las antesalas un hombre al parecer convaleciente de larga enfermedad, tal era su extrema palidez y la debilidad de toda su persona, que era desaliñada en grado superlativo. Vestía de negro, con levita y sombrero de copa, pero todo en un estado tal de ruindad y falta de higiene, que asombraba cómo las autoridades permitían la exhibición de miseria semejante. No obstante, era correcto: las prendas podían ser como eran, viejas y sucias, pero no le faltaba ninguna de las correspondientes al rango de su traje, que él llevaba con toda majestad y respeto, contrastando singularmente con su miseria y la exigüidad de su persona—pues, sobre ser enclenque, era de una estatura reducida a la expresión más mínima—la suficiencia, y hasta diría, la importancia que trasudaba.

Todo en él era altisonante, desde el taco torcido de sus viejos botines deslustrados—que él al caminar tenía la pretensión de hacer sonar con toda prosopopeya[66] y acompasadamente, pues su andar era cadencioso, y casi pudiera decirse rítmico—, hasta el lente que colgaba sobre su fina nariz aguileña, y el cual, no conteniendo sino un vidrio, pues el otro se había caído, daba a su fisonomía una expresión grotesca, marcadamente satírica.

Yo lo veía llegar, avanzando despacio, tranquilo, despreocupado, con su cuello erguido, la cabeza levantada con cierta insolencia de buen tono y con su levita que se caía a pedazos, sus pantalones deshilachados y grasientos y su galera y la corbata y hasta el bastón que llevaba bajo el brazo, lo mismo, y trataba de averiguar, aunque fuera por deducción, el objeto que lo traía diariamente al despacho.

Se sentaba en el rincón más oscuro del salón de espera durante unos veinte minutos, permanecía quieto y silencioso y luego se retiraba tal como había venido, si por acaso no encontraba al mayordomo Luis Morel, persona que hacía el servicio especial del ministro. Si lo encontraba, la escena tenía una variante, pues el mayordomo lo llevaba al cuarto de los ordenanzas, le daba una taza de café con galletita,—que él tomaba en silencio, y muy despacio—y luego se ausentaba con la misma prosopopeya, y la misma importancia y el mismo pasito cadencioso y rítmico con que había venido.

Los ordenanzas y porteros no lo conocían, y por lo que pude notar lo miraban con desprecio, llegando uno, que abrigaba rivalidades mayordomescas, a decirme con socarronería:

—¡Es un amigo del hombre de confianza del ministro!... ¡Persona muy bien relacionada, como usted lo ve!

El cabo Pérez no se dignaba bajar la vista hasta él, y cuando le pregunté quién sería el personaje me echó una mirada fulminante con su ojo blanquizco que brillaba bajo la visera del kepí, y me dijo:

---

[66] Prosopopeya: afectación de gravedad y pompa.

—¿Cree que yo voy a conocer eso?... ¿No ve que es un atorrante de levita?

La respuesta no me satisfizo y me prometí interrogar al mayordomo en la primera oportunidad; parecía éste un buen sujeto, contra la opinión de los murmuradores que se reunían en el cuarto de los sirvientes y ordenanzas, y, a pesar de la actividad que yo le veía desplegar y del aspecto de hombre ocupado, que siempre tenía y que sus subordinados interpretaban como signo visible de servilismo y adulonería, cosa que a ellos—hombres altivos e independientes,—no les cuadraba.

No tuve necesidad, no obstante, de recurrir a informaciones de nadie; una tarde, mi hombre se acercó espontáneamente y, con acento francés muy pronunciado, me dijo confidencialmente, y mirándome a medias, pues lo hacía con el único ojo que cubría su lente y entrecerrando el otro, mortificado por la luz:

—¡Diga, vigilante!... ¿No lo ha visto al mayordomo?

—No, señor..., ¡ayer no lo vi tampoco!

—¿Tampoco, eh?... ¡Pues, entonces estará enfermo!... Y luego de quedarse un rato pensativo, me dijo con una dulzura infinita:

—¡Es lástima!... Mañana tengo que ir a la Con valecencia[67]... ¿sabe?... porque me va a dar el ata que, y... ¡Caramba!... el mayordomo me dijo que me pagaría el tramway porque está lejos y no puedo caminar.

—Si quiere... ¡tome!

Y metiendo la mano en el bolsillo saqué cinco pesos de la antigua moneda y le di.

Me miró como asustado, parpadeó el ojo que quedaba sin vidrio y me dijo, como alelado:

—¡Vaya, gracias... amigo vigilante!... ¡Voy a traerle el vuelto... porque, como comprenderá, no tengo cambio y, después, el enano ese que me persigue, ¿sabe?, puede ser que sople en su caracol, y entonces, aunque haya baile me va a comenzar la picazón de la nariz, y no voy a poder ir al Banco, porque lo cierran de miedo al enjambre de hormigas que acompañan al maldito enano ese!...

Comprendí que el hombre era un enfermo y que la alegría que

---

[67] La Convalecencia: Hospital de la Convalecencia; se hallaba situado en el solar que ocupa actualmente el Hospital Nacional Neurosiquiátrico de Hombres.

acababa de recibir le había quitado el poco seso que solía tener, y dije para distraerlo:

—Deje el vuelto no más, no se preocupe: otro día me lo da.

—¡Ah!... ¡Sí!... ¡Bueno!...

Y luego, pasándose la mano por la frente, exclamó, como quien vuelve de un sueño:

—¿Ve?... ¡Ya se me iba la cabeza!... ¡Amigo, qué cosa!... ¡No puedo pensar en nada!

Y me contó con toda lentitud y en voz baja, su enfermedad y cómo cada tantos días tenía que ir a recluirse en el Hospicio de Dementes, donde lo asistían con mucho éxito, pues, momento a momento, se iba sintiendo en salud.

¡Pobre Regnier!

¿Quién me hubiera dicho que él, el pobre enfermo que en esos momentos tenía ante mis ojos, y a quien miraba compasivo, llegaría en día no lejano—cuando por segunda vez nos halláramos en la vida—a tener una influencia tan decisiva en mi destino, como en realidad la tuvo?

Fue él quien me puso en el sendero de la dicha, quien abrió mi espíritu a la luz vivificante del saber y quien despertó en mi alma los anhelos y las esperanzas que fortificaron y alentaron mis ambiciones, formándome con la experiencia de su vida asendereada[68] de bohemio y de vagabundo, una sólida plataforma que me permitiera elevarme sobre el nivel vulgar a que me condenaban mis condiciones personales y el medio en que me agitaba.

¿Qué maestro más amoroso pude tener?

¡Con qué pasión de enfermo, con qué persistencia de maniático emprendió la tarea de ilustrarme y de educarme!

¡En las horas de descanso del día presente—cuando en el jardín de la casita en que vivimos lo veo rodeado de mis hijos, que le llaman abuelo, pulcramente vestido de negro, aunque conservando el mismo paso cadencioso y rítmico de los primeros días en que le conocí—suelo evocar los viejos recuerdos, y comparando mi existencia de los días oscuros con los que después alcancé, comprendo cuánto le debo y cuál fue mi suerte al encontrarlo en el camino de la vida!

---

[68] Asenderado: fig. Que ha recorrido muchos senderos.

XI

BROCHAZOS MINISTERIALES

Dos días después, al llegar una tarde al Departamento, tras quince días de facción en el Ministerio del Interior, se me comunicó que debía presentarme al siguiente en la comisaría 2ª, a cuyo personal quedaba adscripto.

¡Adiós vida regalona y tranquila!
¡Salve días oscuros y brumosos!

Esa noche vi pasar ante mis ojos, en sueños, la figura plácida del ministro del Interior[69], con sus cuidadas patillas canosas, sus verrugas y lunares, y la eterna sonrisa bondadosa con que acompañaba sus saludos graves, correctos y parsimoniosos.

Tras él iba también la turbamulta de buscadores de empleos, que formaban su séquito ministerial, y que, según la voz corriente en antesalas, jamás se desengañaba, y raras veces conseguía lo que buscaba, pues si bien el hombre era servicial y generoso, el ministro no tenía medios cómo satisfacer sus exigencias, siempre crecientes.

Pasó ante mí, siguiéndolo, el viejo sargento del tiempo de Rosas, que se sentaba en la cuarta silla de la izquierda; el señor calvo que se reunía en uno casi invisible, con que quería taparse la oreja, los pocos mechones dispersos que poseía; el caballero cordobés que promiscuaba entre esta antesala y la de los demás ministros, y cerrando la marcha de la larga fila interminable, los habituales del despacho, los amigos de confianza: un señor, que más tarde he visto de comerciante de fuste, otro medio francés, que era periodista, y que después he encontrado de librero; un periodista fogoso, que luego ha sido orador político e historiador de vuelo, y un coronel, que—según la voz corriente circulada por El Cascabel, que redactaba esa pléyade de inteligencias

---

[69] El Ministerio del interior: quizás se refiera a Bernardo de Irigoyen (1822-1906), cuyo retrato coincide con la descripción, y que entre los numerosos cargos públicos que ocupó, fue Ministro del Interior durante una parte de la primera presidencia del general Roca (1880-1886).

vigorosas, que después ha tenido tanta actuación en nuestra patria—"comandó con gran denuedo los lanceros de la Muerte, que se murieron de miedo".

Y más lejos, atrás de todos, el mayordomo Luis Morel, siempre apurado, perseguido por el ordenanza, su rival, que iba lanzando pullas agudas contra el ministro, y analizando su costumbre de tener cigarrillos para su uso y otros para convidar, y de alumbrarse con vela durante el día, teniendo el despacho casi a oscuras!

Este rival del mayordomo era el propagandista más asidao de las versiones contra el ministro, y tengo la seguridad de que la mayor parte de los cuentos que circulaban en la Casa de Gobierno, como una cosquilla, eran hijos de su labio maldiciente.

Una vez lo vi rodeado de todos los ordenanzas del Congreso, que andaban en no sé qué gestión ministerial, y se entretenían en contar el modo de ser y de vivir de cada congresal, en aquilatar sus méritos como oradores y sus probabilidades de reelección, en criticar su vestuario y hasta en vituperar su procedimiento dentro de la Cámara.

—¡Ése es bueno, dijo uno, refiriéndose al señor José Fernández, caudillo de la Boca del Riachuelo; cuando puede, sirve: es medio camandulero[70] cuando no puede, pero tiene alma!

—Hombre—interrumpió el rival del mayordomo—, decile que aprenda de mi ministro, que sirve con palabras desleídas en sonrisitas. Mirá. ¡Aquí verás siempre las antesalas llenas de la misma gente: son personas que esperan durante meses un maná que nunca llega, y... siempre están contentas!

—¡No digás!

—¿No digás?... ¡Pero si es sabido! ¡Y el proceder es sencillo! Cuando hay una vacante de administrador de Correos en algún pueblito de la frontera o de Jujuy, de esos que ganan diez pesos, ¿sabés?..., la guarda, y empieza a hacer entrar a los penitentes.

—¡Claro!... ¡Y los pobres no agarran!

—¡Qué van a agarrar!... Y ahí empieza él con sus sonrisas y sus disculpas: "No hay más; por esto verá que no lo olvido; otra vez será"... ¡Y los hombres se retiran satisfechos, y... como vinieron!

---

[70] Camandulero: que procede con subterfugios e hipocresías.

31

XII

ENTRETELONES POLICIALES

Una mañana en que había llegado a la comisaría, y me disponía a salir con el tercio[71] en que formaba, para ir a hacer mi monótono servicio de bocacalle, allí frente al almacén de doña Petrona, en la esquina de Luján 25 y Defensa—donde puede decirse que no tenía más misión que proteger los intereses de los comerciantes ambulantes contra las travesuras de los estudiantes de medicina y de derecho que, avecindados en aquel barrio, lo constituían casi en una mitad—oí que el oficial escribiente gritaba en medio del patio desmantelado, donde los ebrios recogidos en la noche anterior comenzaban a desperezarse, acostados en los rincones, teniendo por almohada las baldosas:

¡Agente Carrizo!..., ¡vaya al despacho del comisario!

¡Es preciso haber sido vigilante para conocer todo el efecto que puede tener frase semejante! ¡El comisario!

¡Qué lejos se ve su figura, y qué grande, desde el modesto punto de mira que tienen los agentes!

Allí, en aquella mano, están todas las recompensas y están todos los castigos; ella tiene la suerte de cada uno, casi como la de Dios; ella puede dar y puede quitar; puede condenar a una eternidad de padecimientos lentos, y puede llevarlo a uno hasta la cumbre en un instante: es la omnipotencia.

Ser llamado por el comisario a su despacho es algo que un agente lo recordará toda su vida: podrá olvidar a la madre, a los hijos, a la mujer, pero jamás olvidará el día y hora en que compareció ante la vista del dispensador de todos los bienes o del causante de todas las desgracias.

Aquel minuto que uno tarda en atravesar el patio, equivale a una hora de emociones.

¿Será la suerte que se acerca a mí?

---

[71] Tercio: cada uno de los tres grupos en que se dividía el personal de una comisaría, para cumplir un turno de ocho horas.

¿Será el ala negra de la desgracia que bate el aire a mi alrededor y va a proyectar su sombra sobre mi frente?

¿Qué habrá?

Desfilan ante la vista nublada las copas tomadas a escondidas en la trastienda de los almacenes de la manzana; las graciosas sirvientas con quienes uno se saluda más o menos cariñosamente en las horas de facción; los cigarrillos fumados clandestinamente en el zaguán de las grandes casas, durante la recorrida, y todos estos recuerdos se alzan pavorosos y cada uno es un fantasma que aterroriza.

—¡A la orden, señor comisario!

Y el comisario—un viejo criollo, de cara bonachona y sonriente—alzó la vista, me miró, y dijo: "Esperá", mientras concluía la tarea de poner el sobre escrito a una carta.

—¡Decime, che!... ¿Has sido sargento del sexto?

—¡Sí, señor!

—¡Con razón te piden de la quinta!... ¡Claro! ¡Se llevan los mejores agentes y lo dejan a uno aquí con puros gallegos!... ¡Mirá!... ¡Te vas a quedar conmigo; te voy a enseñar para pesquisa!

—¡Está bien, señor!

—El comisario de la quinta te ha pedido al jefe, pero voy a contestar que pides seguir el servicio aquí.

—¡Está bien, señor!

—¿Sos casado?

—¡No, señor!

—¡Bueno!... ¡Llevá tus pilchas a casa y decile al sargento Gómez que te acomode con él!

—¡Está bien, señor!

Di media vuelta y salí como con alas en los talones. Ir a servir con el sargento Gómez, el agente mejor reputado en la comisaría, el crédito de la sección, era para mí la gloria.

¡Pedir más, la verdad, hubiera sido tentar la suerte!

XIII

SIEMPRE ADELANTE

El sargento Servando Gómez, era oriundo de Corrientes, y como soldado del 3º de línea, había hecho las campañas del Paraguay y del interior, a las órdenes del general Arredondo. Era, pues, un veterano como yo.

Su aprendizaje había sido rudo y tremendo; por eso en sus consejos nunca se olvidaba de incluirme este: "Mirá, si querés pasar de sargento, aprendé la pluma; sin esto—y movía la mano en el aire como quien escribe—es al ñudo[72] forcejear."

No era un hombre ilustrado ni mucho menos, pero era más educado, en la verdadera acepción del concepto, que muchos que he conocido ocupando posiciones más elevadas.

Sus labios nunca se abrieron para una falsedad, ni para cometer una injusticia, y en la comisaría era como el Evangelio una afirmación que se le oyera, llegándose a decir que era hasta capaz de declarar en contra suya si a mano venía.

Serio, grave, pocos habían visto una sonrisa en su cara angulosa, cubierta por una tez apergaminada y morena, casi negra; no obstante, era decidor y alegre en las horas de ocio, y más de una de sus aventuras, casi novelescas, entretuvieron largas horas de espera en las correrías que juntos teníamos que emprender todas las noches, ya siguiendo la pista de algún pícaro que andaba estudiando la sección, o ya buscando la de algún asesino que, después de cometer una fechoría, se nos había escapado de entre las manos.

¡Y cómo admiraba yo la sagacidad, la viveza, el fino tacto y la discreción del viejo sargento!

Cada una de sus pesquisas, a que él llamaba modestamente "trabajos", era una filigrana y daban tentaciones de creer que tuviera pacto con el diablo, a cualquiera que, estando en el secreto del asunto, siguiera con atención sus procedimientos de investigación.

---

[72] Ñudo, al: Inútilmente.

—¿Y quién le enseñó a trabajar, mi sargento? ¿Porque usted no habrá aprendido solo, supongo?

—¡No!... ¡Qué esperanza!... ¡A mí me trajeron expresamente un maestro de Inglaterra, uno de esos tigres que conocen por la cabeza a los ladrones y a los asesinos!... ¡Mis maestros, amigo, son los que deben tener ustedes..., si quieren servir para algo: los ojos, los oídos y las piernas!

—¡No digo que no haya, pero yo no los he visto! ¡Vez pasada, hace como diez años, trajeron uno, y se lo dieron al comisario Wright!... ¡Qué hombre del diablo! ¡No sabía nada y parecía que se iba a comer el mundo! Una noche lo hicieron examinar en la comisaría a un coronel que estaba de visita, y que se había disfrazado de gaucho, y después de darle mil vueltas y de hacerle sacar la lengua y blanquear los ojos, dijo que era ladrón, asesino e incendiario.

—¡Y sería no más, pues! ¡Hay tantos diablos que parecen santos!

—¡Ave María Purísima!... ¡Si se trata de un coronel de lo mejor!... ¡ Lo que había es que, como después se supo, el sujeto era un peine de esos que no dejan ni caspa, y que era verdad que había servido en las policías de Europa..., pero de farolero!

Mi aprendizaje con el sargento Gómez lo hice pronto, y sus observaciones y los cuentos que me contaba son la materia principal de los pocos capítulos que voy a consagrar a la gente maleante con que teníamos que bregar y a la cual recién más adelante conocí, cuando, colocado ya en altura mayor que la de simple agente de pesquisas, me fue dado penetrar en las profundidades de nuestro organismo social, estudiando casos particulares.

XIV

EN LA PUERTA DE LA CUEVA

Penetrar en la vida de un pícaro, aquí en Buenos Aires, o, mejor dicho, en lo que en lenguaje de ladrones y gente maleante se llama mundo lunfardo, es tan difícil como escribir en el aire.

Aquí se vive a ciegas, con respecto a todo aquello que pueda servir para dar luz sobre un hombre: la policía, para desempeñar su misión, tiene que hacer prodigios, y parece imposible que obtenga los resultados que obtiene, dada la clase de gente en que las circunstancias la obligan a reclutar su personal subalterno y el medio en que actúa.

Las policías de Londres, París y Nueva York, dotadas de mil recursos preciosos, no tiene nada de extraño que puedan encontrar un delincuente dos horas después de haber cometido el delito: lo admirable sería que pudiesen hacerlo aquí.

Quisiera ver a esos graves policemen de que nos hablan los libros, en este escenario, en que no existen registros de vecindad, en que se ignora el movimiento de la población, en que la entrada y salida de extranjeros es un secreto para las autoridades, en que uno puede ser casado diez veces, tener quince domicilios, mil nombres distintos y quinientas profesiones diferentes, y todo en la mayor reserva, no digo para la autoridad, sino para los hijos, la esposa, los hermanos y hasta los vecinos, por más curiosos que sean.

Aquí nos hemos ocupado del adoquinado y rectificación de calles, de formación de paseos, de obras de higiene convencional y de todo aquello que luce a primera vista; pero respecto a organización social, a medios de conocernos y controlar nuestros actos todos los convecinos, vivimos como en tiempo del coloniaje.

¿Por qué no se ha establecido el registro de vecindad y todos sus derivados?

36

¡Que lo diga la Municipalidad, que tiene encarpetadas las notas en que se lo han pedido todos los jefes de policía habidos hasta hoy!

Viviéndose como se vive aquí, un pillo anda a sus anchas, hasta que un mal paso, demasiado claro, lo pone bajo los ojos de la policía, que es andariega y husmeadora, y que si no lo fuera—de lo cual Dios nos libre y nos guarde—no faltaría quien le robara a uno hasta los pelos de la nariz sin que sintiese cuándo se los arrancaban.

Y caer bajo los ojos de un empleado de policía es lo mismo que caer bajo los de toda la repartición, pues unos a los otros se van enseñando el mal hombre—cuya filiación, nombre y costumbres, si no se inscriben en un registro, quedan sin embargo grabadas en la memoria de quienes no lo olvidarán jamás y serán capaces de encontrarlo más tarde, aunque se transforme en pulga.

Los lunfardos dicen, con ese motivo, cuando dan con algún agente que aún tiene paciencia para oírles sus disculpas y lamentos:

—¡Vea, señor!... ¡Más vale ser caballo de tramway que pillo conocido!

PERSPECTIVAS

Seguir a un pícaro en nuestras calles, tan llenas de movimiento, es un trabajo que no valora sino el que lo realiza.

Como él siempre está sobreaviso y teme que lo embroquen—conozcan, observen,—camina una cuadra y la desanda para ver si alguien lo sigue, da quinientas vueltas antes de llegar a un punto deseado, penetra a las casas a preguntar por don Fulano o don Zutano—un nombre supuesto—para darle el esquinazo—lo que equivale a despistar—a algún empleado que pasa y lo conoce.

Cuando van dos colegas juntos, nunca caminan a la par. Uno va delante y el otro un poco atrás, y si son tomados afectan no conocerse.

Un día iban dos pillos de estos por una calle: el sargento Gómez conocía a uno y no al otro, y, como a pesar de su seriedad guaraní, era chacotón y alegre, atajó al que no conocía y le dijo:

—¿En qué trabaja usted?

—¡Soy marmolero, señor!

El otro pícaro, viendo que no lo conocían, se paró a ver en qué concluía el asunto.

—¡Marmolero... bueno! ¿Conoce a Fulano?

—¡No, señor!

—Bueno... ¡Fulano es un raspa[73] de la peor clase... es ese que está ahí... conózcalo!

Aquí el pillo se sonríe y dice con sorna

—¡Me ha cachado, señor!... es decir, «¡me ha embromado!...»

—¡Vaya, hombre!... ¿Y éste quién es?

—Ya nos embrocó, y le voy a decir: ¡este es Zutano!

ENTRE LA CUEVA

Buenos Aires encierra dos clases de pícaros: los naturales y los extranjeros.

Los primeros son pocos, relativamente, y menos peligrosos que los segundos, pues que, desde los primeros pasos, la policía los conoce y les corta las alas, ya no dejándolos al aire sino mientras llevan una vida honrada, que para ellos es la miseria, el hambre, la falta de queridas y de goces, u obligándoles a emigrar.

Montevideo, el Brasil, Europa, Méjico y la América del Norte son su salvación.

El ladrón argentino es, por lo general, astuto, audaz y emprendedor allí donde no le conocen; sus uñas le dan réditos fabulosos.

De tiempo en tiempo se le ve regresar lleno de dinero, bien vestido, y afectando maneras superiores a la clase en que nació; busca a quienes lo recuerdan en la policía y les dice con toda franqueza:

—¡Vengo por una temporada a visitar a la familia! ¡Le prometo que

---

[73] Raspa: ladrón, ratero.

no haré ningún daño!... ¡Ya me he retirado de la vida!... ¡No me persiga y ocúpeme en cualquier averiguación!

Y después se le encuentra en las casas de juego o de prostitución, derrochando afanosamente el producto de sus trabajos en el extranjero.

Cuando se ha agotado el bolsillo, se le ve desaparecer como llegó: sin que nadie lo sienta.

Otros hay que, después de llevar una vida de continuo sobresalto, pues un paso en la calle es para ellos una semana de arresto, se encierran en sus guaridas, se aíslan de sus compañeros y, pasada una temporada, salen transformados, pidiendo a la policía que no los persiga y declarando que van a trabajar.

Parapetados detrás de un oficio o empleo cualquiera, se dedican al juego, haciendo de él un instrumento de robo como cualquier otro.

Viven de los otarios, como llaman a las víctimas que caen entre sus garras, ya por su esfuerzo o por el de los changadores del oficio—el gremio auxiliar más importante—que se las venden por un tanto de lo que produzcan.

Cuando un mocetón empieza a andar en malos tratos, ya los del oficio, al hablar de él, dicen: "jamás será nada" o "es un muchacho de esperanzas y que irá lejos", según sea que tal pájaro haya salido bien o mal en sus primeros revuelos. En el primer caso, no encuentra protectores y tiene que hacerse carne de cañón, soldado de la gran falange, brazo ejecutor y por lo tanto frecuentador de calabozos y abonado a la tumba del Departamento Central[74].

Estos desgraciados, cuyas entradas a la policía alcanzan a veces a centenares, son los que el vulgo toma por los más temibles, ignorando que ellos son piezas insignificantes en una partida en que los jugadores permanecen en la sombra. El ladrón hábil es aquel que sabe permanecer más desconocido; el que ascendiendo en el gremio presta dinero para los gastos preparatorios de un robo tal como un comerciante lo daría para una operación honesta; el que dirige empresas; el que estudia un golpe y lo combina y luego lo vende para que otro lo realice; en fin, el que pesca... sin mojarse las manos.

En el segundo caso, asciende en la consideración del gremio y su tarea se facilita con ventaja personal: se hace changador de otarios, es

---

[74] Departamento Central: Departamento Central de Policía.

decir, buscador de víctimas, empresario, director, prestamista, consejero e intermediario entre los capitalistas y grandes dignatarios de la orden y los pobres ejecutores que pagarán con el martirio de su cuerpo cualquier contrariedad de la suerte.

El pillo criollo, en sus comienzos, se revela con facilidad al ojo menos observador.

Le cuesta deshacerse de la cáscara del compadrito, origen común de todos ellos, que son generalmente muchachos de la última clase, vendedores de diarios ascendidos a carreros o sirvientes, y cuya educación e ilustración son casi nulas.

Sin embargo, ellos aprenden a leer y escribir en los meses de reclusión, y luego la emprenden con los libros de leyes, medicina y cualquier otra ciencia útil para su arte de vivir de gorra[75].

He visto un ladrón que a fuerza de leer se ha hecho un leguleyo[76]; tiene toda la exterioridad de un hombre de educación esmerada, se expresa correctamente y no deja traslucir en su trato que, diez años atrás, era un compadrito que escupía por el colmillo y se quebraba[77] hasta barrer el suelo con la oreja.

El pillo extranjero es el más abundante.

Éste ya viene aleccionado, por lo general, y no deja que se deduzcan reglas para conocerlo.

Viste como un caballero, como un compadre o como un artesano, de esos que recorren nuestras calles en las faenas de su oficio: adopta la forma necesaria para cada una de sus empresas oscuras y malignas.

Se cambia de nombre cada vez que cae preso, y es obra de romanos identificar su personalidad en cada caso, pues recurre a cuanta artimaña puede sugerirle su imaginación a fin de ocultar su pasado, teniendo como recurso invencible su poco conocimiento del idioma.

Para probarle un hecho no hay más remedio que tomarlo con la masa en la mano; con él no valen nada la deducción ni la inducción, y se le queman los libros al más listo.

Sin embargo, no es largo su jolgorio.

Después de un período de tres o cuatro meses de hazañas—si no ha logrado salir de su mísera posición de instrumento—la policía, que no le

---

[75] Gorra, vivir de: vivir a costa de otro, sin pagar nada.
[76] Leguleyo: el que trata de leyes no conociéndolas sino vulgar y escasamente.
[77] Quebrarse: hacer quiebros al bailar o caminar, como los compadritos.

pierde ojo, lo pilla en un renuncio[78] y tiene que confesar su vida y milagros, quedando en la categoría de criollo.

¡Se le acabaron sus privilegios de extranjero!

ELLAS

El complemento del pillo es la mujer.

¡Cómo saben educarla para el fin que la necesitan, con qué egoísmo judaico explotan los tesoros de su cariño inagotable, cómo la sugestionan y la envilecen, haciéndole perder, o ya el miedo para acompañarlos en sus empresas tortuosas sino la noción elemental del bien y del mal, llegando ellas, en su obsesión por el hombre que las martiriza y las deprime, hasta a creerlo un dechado de virtudes, un ejemplo de honorabilidad, una víctima desgraciada de las injusticias sociales!

¡Cuántos poemas de ternura y de amor tienen por teatro diariamente los calabozos!

¡He visto madres que no sólo abandonan las comodidades que un hijo honorable puede proporcionarles, sino que hasta cubren de vergüenza su nombre por disimular las bajezas de uno de estos canallas que ha rodado al abismo y que les paga sus sacrificios imponiéndoles cada día otros mayores!

He visto mujeres hambrientas, casi desnudas, vender, no ya su cuerpo si algo valiera, sino lo más indispensable para su subsistencia, a fin de llevar cigarrillos o bebidas a sus maridos que, cuando están fuera de la cárcel, dilapidan con otras de mala vida el dinero que pueden atrapar, y a ellas les compensan su abnegación con caricias que dejan sobre sus cuerpos indelebles cicatrices que no se borran jamás.

¡Son las madres, son las mujeres, son esas pobres mártires que

---

[78] Renuncio: fig. Mentira o contradicción.

arrastran su cruz a través del mundo—las minas, como ellos les llaman—las que les sirven de escudo contra los golpes de la suerte!

Pueden abandonarlos sus amigos, sus cómplices, los empresarios, por cuenta de quienes emprendieron un trabajo, pero ellas no les faltarán y, sacando fuerza de flaqueza, removerán con sus débiles brazos el mundo entero a fin de hacerles más llevadera su desgracia.

Ellas, las mártires de los días de luz, serán el rayo de sol de los días de sombra.

¡Luego, tras de la fila de mártires, de las que son escudo simplemente, viene la interminable de las que no son sólo escudo, sino también garra. Son éstas las que forman la temible falange de espías, de correos, de negociadoras de los robos, de ocultadoras y, luego, en los días negros, las que servirán de agentes para corromper a la justicia, usando el dinero, si el hombre que necesitan es afecto a él; halagando su lujuria, su gula o cualquiera de los pecados capitales que prime en su espíritu; amenazando su tranquilidad si es un timorato, o insinuándose pérfidamente en su corazón, si es un alma fuerte y vigorosa!

¡Ellas podrán no saber leer ni escribir, podrán ignorar las sutilezas del espíritu y aun hasta la existencia de la palabra psicología, pero nadie las sobrepasará en el arte difícil de conocer una flaqueza humana y de saber aprovechar y explotar su conocimiento!

ELLOS

Entre reos lunfardos hay cinco grandes familias: los punguistas, o limpiabolsillos; los escruchantes, o abridores de puertas; los que dan la caramayolí[79] o la biaba[80], o sea los asaltantes; los que cuentan el cuento, o hacen el scruscho, vulgarmente llamados estafadores, y, finalmente, los que reúnen en su honorable persona las habilidades de cada especie: estos estuches son conocidos por de las cuatro armas.

---

[79] Caramayolí: asalto.
[80] Biaba: asalto a mano armada.

Más vale toparse con el diablo que con uno de estos príncipes de la uña, de los cuales Buenos Aires cuenta más de un ejemplar.

Ellos son, generalmente, los que educan y forman los muchachos, esmerándose en aquellos que revelan mejores facultades: son los que dirigen los golpes de importancia; los que dan el cebo, o sea el dinero necesario para realizar el robo, que hasta para eso se precisa plata, dada la situación a que ha llegado el mundo; en fin, son los grandes dignatarios de su orden.

Cada especie tiene su fisonomía especial, sus costumbres propias y su manera de ejecutar un trabajo, por más que todas tengan siempre un punto de contacto, menos el punguista, que es siempre el empresario de sí mismo.

EL CAMPANA

El punto de contacto es el campana, es decir, el que busca la casa o el hombre fácil de robar, el que estudia el medio de efectuarlo, el que está en relaciones con los que cambian lo robado por dinero: la providencia en forma de hombre.

Bien considerado, estos campanas son los verdaderos ladrones; los que efectúan el robo son solamente sus instrumentos.

Jamás se comprometen en nada, y es difícil que la policía los descubra. Adoptan todo el aire de gentes honradas, trabajan, tienen oficio, profesión o industria conocida: son sirvientes, mozos de hotel, changadores, comerciantes, rentistas y hasta pueden inspirar confianza y ser honorables, mientras no haya posibilidad de tirar la piedra y esconder la mano.

¡Cuántas veces están protestando honradez y tienen entre los dedos el pedazo de masilla o cera con que al menor descuido, moldearán una llave!

¡Cuántas veces están jurando adhesión a sus patrones y ya tienen oculto dentro de un mueble al amigo que va a dar el golpe! ¡Y luego son los más empeñosos en llamar a la policía y darle cuenta del hecho, suministran datos y noticias, sospechan que al ladrón lo han visto rondando la casa y que es de este porte y del otro!

¡Cuántos de ellos han acompañado en sus investigaciones a un comisario y lo han extraviado con sus mentiras, y cuántos también han sido imprudentes y han ido a pagarlo en la Penitenciaría!

¡El campana presta servicios a los ladrones, pero que digan éstos lo que les cuesta: siempre se lleva él lo mejor del toco, o sea del monto de lo atrapado!

¡Sus comisiones son algo de fabuloso!

Sin embargo, el negocio tiene sus contras. Veces hay que ha hecho efectuar un robo valioso, y cuando va a retirar su parte se encuentra con una puñalada o con que, sencillamente, le dicen que no sea zonzo, y se le alzan con el santo y la limosna, acción que se llama dar el rostro.

Al campana robado le queda aún como arma la delación y la usa como venganza; si los ladrones son tomados, éstos no dejan de envolverlo en sus declaraciones, y se hunde con ellos, y si no lo son, se ve libre y queda aguardando una oportunidad de hacerles caer en las garras del gallo policial: este es el origen verdadero de más de una pesquisa curiosa que ha servido para bombo a algún inútil.

¡Venganzas de campana, o como quien dice, puñaladas por la espalda!

Y los ladrones saben lo que vale un buen campana. Una vez me dijo uno, habiéndole yo preguntado que "a qué se dedicaba por ahora".

—¡Vea, señor, tengo un campana que ni de oro..., y trabajo de católico!

—¿De católico?

—Sí, señor...; es decir, ando con el asunto de las limosnas para el hospital..., ¡y al que me cree lo ensarto!

EL ARTE ES SUBLIME

El punguista—como en lenguaje de ladrones se llaman los pick-pockets, o sea, hablando en español, los limpiadores de bolsillos—es el más artista de todos los ladrones, y mira con cierto desdén a sus congéneres, a los cuales desprecia soberanamente..., tanto como puede despreciarlos un hombre honrado.

Para él, robar un reloj, una cartera, un rollo de dinero o cualquier otra cosa de valor que una persona pueda llevar sobre sí, no es un delito, sino un trabajo de arte, una hazaña.

Es por eso que se le ve tan tranquilo, tan seguro de sí mismo, meterle a cualquiera la mano en el bolsillo y sustraerle lo que guarda: su único dolor es ser sentido por su víctima, o tomado infraganti por la policía a causa de su poca habilidad.

Esto lo desespera, pues le desbarranca su fama, ataca su crédito.

La gloria de un punguista es serlo y que nadie pueda probárselo: su orgullo es poder decir en la policía:

—¡Busque, señor, en los libros!... ¡Yo no tengo ninguna condena! ¡Gracias a Dios, no soy ladrón!

Y luego, su frase la repite con aire modesto a cuanto individuo investido de autoridad encuentra a mano, pegándole a modo de coeficiente: "así le dije el otro día al señor don Fulano".

Tiene por teatro la calle y los parajes donde ocasional o habitualmente hay aglomeración de gente.

Con frecuencia se le oye decir: yo trabajo en el Banco tal, en la estación cual, en el papel sellado, en el correo, en el tramway, en el cementerio, en la plaza, en el remate, dondequiera que haya codazos y apretones.

Para el trabajo jamás va solo: lleva dos o tres ayudantes, según la necesidad.

Estos ayudantes, que son, por lo general, practicantes-asociados, tienen por misión formar la cadena, es decir, estacionarse detrás del artista, de tal modo que, efectuado el hurto, lo hurtado se encuentra a salvo con la rapidez del rayo, pasando de mano en mano.

Si el golpe es desgraciado y el practicante no puede huir, deja caer lo hurtado, lo echa en el bolsillo de cualquiera de los presentes, en fin, se deshace como puede del cuerpo del delito, y trata de evitarse una condena o ahorrarle un mal rato a su asociado.

Un comandante del ejército—cuento al caso—se hallaba una noche en su casa, y al ir a sacar su pañuelo, rueda sobre la alfombra un magnífico reloj de oro, con un monograma en la tapa. Lo recoge y se echa a cavilar sobre cómo había venido a su poder.

—¡Y no daba en bola!

Al día siguiente lee en un diario una noticia que decía:

Reloj robado.—Hallábase ayer en el remate de Constela el señor X. X., y de repente notó que le sacaban su reloj, y que la mano que lo llevaba pertenecía al vecino que tenía a la derecha. Lo hizo conducir a la comisaría 2ª y resultó ser, el tal vecino, nada menos que Ángel Artirel (a) Minga-Minga. El reloj no ha sido encontrado.

El comandante se dio un golpe en la frente, recordando que se había hallado en lo de Constela durante el incidente; pero no atinaba a dar en cómo el reloj había llegado a su bolsillo.

A que le esclareciesen el punto y a devolver la prenda fue a la comisaría 2ª.

El comisario oyó toda la relación y luego le preguntó si recordaba qué vecinos había tenido durante su estada en la casa de remates.

—¡No me fijé, señor!

—¡Pues bien, uno de ellos era cómplice del ladrón, y temiendo ser descubierto ocultó en usted lo que podía comprometerlo!

El comandante ha jurado, desde entonces, usar sacos sin bolsillos.

Otro cuento, ya que en tal terreno he pisado.

Uno de estos practicantes fue sorprendido una vez con un reloj en la mano, en momentos que iba a pasarlo, y no bien vio que lo habían sorprendido, se echó a gritar:

—¿De quién es este reloj? ¿De quién es este reloj? No le valió la artimaña, y fue preso. El juez tuvo que absolverlo, pues se encerró en esta declaración:

—Yo encontré el reloj, señor, y lo levanté; no ha habido más. Tengo malos antecedentes, es cierto, pero eso no hace al caso..., ¡el decir adiós no es dirse![81]

¡Estos practicantes llegan a ser unos doctores que dan miedo, y no pasa mucho tiempo sin que den vuelta y raya a su maestro!

El punguista, cuando camina, jamás lo hace llevando al lado a sus compañeros.

Éstos marchan escalonados a retaguardia, a fin de poder, al menor asomo de un empleado de policía que los descubra, hacerse entre sí los perfectamente desconocidos.

---

[81] Biaba: asalto a mano armada.

Si suben a un tramway tratan de rodear a la persona que han elegido por víctima, y allí son los empujones por el menor motivo, los codazos, los pisotones, con el objeto de distraer al desgraciado candidato y facilitar la obra del artista.

Éste está en acecho, espiando todas las oportunidades, y a la primera que se presenta, ¡zas!, se apodera del objeto deseado, que desaparece como por arte de magia.

Para dar el golpe, el punguista tiene siempre sus dedos índice y medio prontos para la acción, y los introduce en el bolsillo ajeno con una suavidad incomparable.

Cuando es necesario interceptar la vista de alguien, ahí se encuentra el practicante, que hará de nube, o si no el brazo que no va a operar y que se baja o se levanta a la altura necesaria.

Hay punguistas que son muy hábiles en esta maniobra, que se llama esparo, y que es reputada como uno de los escollos del arte.

Cuando dos o tres habilidosos se reúnen y se complementan, las joyas van a ellos como el acero atraído por el imán.

Jamás se reúne con los que no son de su arte, a no ser cuando entra por el aro del diablo, con tal de hacer plata.

De lo contrario evita compañías, y dice:

—¡Los amigos cantan (descubren) y no sirven sino para hacerlo embrocar (conocer) a uno!

Cuando ya son muy conocidos en sus mañas, y no pueden trabajar, se dedican a schacar escabios, es decir, a robar a borrachos.

Este es el atorrantismo, la vejez miserable del arte: son los arrestos frecuentes, los días sin comida, las condenas por cincuenta centavos.

Sin embargo, un punguista podrá robar, jugar y poseer todos los vicios, pero nunca se embriagará ni llevará vida de perro.

Mira el mundo a través de los placeres que no embrutecen, y vive lo mejor que puede.

Un día dije a uno de ellos que hablaba conmigo, en el café de Cassoulet, esquina Viamonte y Suipacha, un centro de pillos:

—¿Y tú no bebes?... ¡Pide un gin!

—¡Yo!... ¡Qué esperanza!... ¡El alcohol afloja la lengua y entorpece la mano!

EL CAFÉ DE CASSOULET

Este era el paradero nocturno de todos los vagos de la ciudad y famoso entre la gente maleante, no solamente por la comodidad que, a poco costo, se obtenía en él, cuanto por la relativa seguridad que se disfrutaba: en caso de producirse visita de la autoridad, los propietarios tenían dispuestas las cosas de modo tal, que la clientela tenía fácil escape.

Estaba ubicado en la esquina Viamonte, antes Temple, y Suipacha. Como dependencia del café, y formando parte de la planta baja, que daba hacia la primera, había hasta la mitad de la cuadra una veintena de cuartos a la calle, con puertas que se abrían a ésta y otra interior, que daba al gran patio del café: eran otras tantas salidas clandestinas del antro misterioso.

Estos cuartos los ocupaban mujeres de vida airada, que eran como la crema de aquel mundo de vicio, cuyo centro era la famosa calle del Temple, y que extendía sus brazos a las adyacentes, teniendo como encerrado entre ellos el corazón de la ciudad.

El café debía ser una mina de plata.

Allí los ladrones, con todo su cortejo de corredores y auxiliares, los asesinos, los peleadores, los prófugos, toda la gente que tenía cuentas que saldar con la justicia o tenía por qué saldarlas, buscaba un refugio para dormir o vivir con tranquilidad, para hacer con todo sigilo una operación comercial inconfesable o para ocultarse discretamente, mientras pasaban las primeras averiguaciones subsiguientes a un delito descubierto por la policía.

Allí todo era cuestión de dinero. Teniéndolo, se hallaba desde la pieza lujosamente amueblada, hasta el tugurio infame, donde podía gozarse de las comodidades de un catre de los muchos que, en fila y pegados unos a otros, contenía un pequeño cuarto de madera, y desde el vino y los manjares exquisitos, hasta las sobras de éstos, barajadas en un champurriao[82] indescifrable, y que podía remojarse con el agua turbia del aljibe, donde viboreaban los pequeños gusanitos rojos, descendientes

---

[82] Champurriao: dicción inculta de champurreado. Mezclado (De champurrear: mezclar un licor con otro y hablar mal un idioma mezclándolo con otro; también chapurrear).

quién sabe de qué putrefacción y cuyos movimientos rápidos y variados podían servir de diversión al ánimo preocupado.

Tarde de la noche, cuando el café se cerraba, decenas de desgraciados, sin hogar, tomaban posesión de las mesas del largo salón,—bajo la vigilancia de los dependientes, que tendían sus colchones sobre las de billar, cuando las otras estaban ocupadas—y por dos pesos de los antiguos, encontraban un techo y una tabla para dormir, y por uno, lo primero y el duro suelo de los patios y pasillos.

Aquello era un verdadero hervidero del bajo fondo social porteño: allí se barajaban todos los vicios y todas las miserias humanas, y allí encontraban albergue todos los desgraciados, que aún tenían un escalón que recorrer antes de llegar a los caños de las aguas corrientes que, apilados allá en el bajo de Catalinas 20, ofrecían albergue gratuito.

Cassoulet era, en la noche, la providencia de los míseros desterrados de un mundo superior, era la ensenada que recogía la resaca social que en su continuo vaivén arrastraba hacia playas desconocidas el oleaje incesante.

Hoy comparten con él los beneficios de la industria protectora los pequeños cafés del Riachuelo y la ribera, que venden marineros borrachos a los buques que necesitan completar su rol clandestinamente, para borrar las huellas de un crimen o de un accidente—a fin de evitarse las molestias que en nuestro país acarrea cualquier gestión ante la autoridad—y los tugurios que, con el nombre de posadas o sin nombre alguno, encierran entre sus paredes y alojan, según el dinero con que cuentan, a los desgraciados que vagan sin hogar, o a aquellos que legalmente no pueden habitar en parte alguna.

En aquel tiempo compartían la clientela de Cassoulet, pero sólo durante el día, el café Chiavari, en la esquina de Cuyo 80 y Uruguay, y el café de Italia, en la misma calle, frente al Mercado del Plata.

Estas tres eran las cloacas máximas de Buenos Aires, en tiempos que ya no volverán, pero que se repetirán, transformándose.

EL BURRO DE CARGA

EL escruchante—Es decir, aquel cuya especialidad es abrir puertas con o sin violencia—es otra interesante variedad de la familia lunfarda.

Los que la forman son, por lo general, individuos de avería, hombres avezados a todas las asperezas de la vida.

Brotan de las capas inferiores de la sociedad, y rara vez alcanzan otras más elevadas: son constante y perennemente víctimas del que ha campaneado—estudiado—el robo a realizar, y su fin es generalmente desastroso.

Concluyen por ser un harapo humano a fuerza de consumirse en las cárceles o en los más bajos fondos de la corrupción.

La miseria, engendradora de todas las lepras, luce en ellos sus fuerzas y su vigor.

De todos los lunfardos es el escruchante el más desgraciado: sus robos son los más fáciles de descubrir, sus condenas son las más largas, sus días son los más negros, pues cuando no está preso lo andan buscando.

Es necesario tener una afición desenfrenada a lo ajeno, para dedicarse al escrucho.

El escruchante tiene tres especialidades: se dedica a fabricar llaves falsas, a trabajar con el formón o a cargar la burra, o sea alzar los robos.

Poco se le ve en la calle durante el día: camina sólo de noche o en la madrugada, hora en que la vigilancia es menos activa.

Sus golpes los reciben ya estudiados por el campana, que percibirá su buena parte, sin riesgo.

Éste es el que moldea las llaves que el escruchante fabricará en los ratos de ocio, en su tugurio, donde tiene su pequeño taller ad hoc[83]; el que estudia las costumbres del habitante de la casa que va a robarse; el que levanta el plano de sus entradas, salidas, caminos fáciles para escapar, parada del vigilante, hora en que hace la ronda y demás datos útiles.

¡En posesión de todos estos elementos, es que el escruchante tienta su empresa y va dispuesto a todo!

---

[83] Ad hoc: expresión latina que significa «para esto», «para el caso».

Si se ha moldeado bien la llave, ésta ha sido seguramente bien hecha y funcionará a maravilla, simplificándose mucho el trabajo.

Si no anda bien, es necesario abandonar la empresa hasta que los defectos se hayan corregido o recurrir a la violencia, que dobla las probabilidades del fracaso, y sobre todo la condena.

Entonces es cuando se recurre a cortar el tablero de la parte inferior de la puerta, formado por lo general de madera blanda, en la cual una cuchilla afilada entra como en queso y abre un buen postigo.

Si el dueño de casa es precavido, y usa sus puertas enchapadas de hierro en la parte vulnerable, se da un corte en el umbral con el formón frente a los pasadores y se levantan éstos; luego se introduce la pata de cabra—instrumento de acero, formado en zigzag—frente a la cerradura, y se la hace saltar sin ruido, con un leve movimiento lateral.

La puerta ya presenta facilidad para enlazar con una faja el pasador de arriba y correrlo.

Puede ser que la precaución del propietario haya llegado hasta poner una barra, y entonces hay que tratar de sacarla.

La extremidad libre de la faja con que se enlazó el pasador se pasa por debajo de la barra y se tira para arriba.

Si aquélla es de gancho, cede al esfuerzo, y se la baja hasta el suelo con cuidado para que no haga ruido, para lo cual se afloja una de las puntas de la faja poco a poco; si es de las que tienen candado, es mejor renunciar al golpe: la puerta es infranqueable.

Cuando el robo no puede hacerse con violencia, se recurre a sobornar un dependiente que deje la puerta abierta, o se coloca en la casa una persona que lo haga, y que pasará en ella el tiempo necesario para acreditarse y alejar sospechas.

Si estos medios no son posibles, queda aún el recurso de meter un gato, es decir, hacer esconder en la casa un cómplice que a una hora dada franqueará la entrada.

Este papel de gato no lo desempeña cualquiera es necesario dedicarse a él y hacerse una especialidad; acostumbrarse a estar inmóvil por horas enteras; a respirar sin hacer ruido; a no estornudar ni toser; en fin, a hacerse un cadáver.

El Cuervito, Román—un gajo de cierta familia, en que padres, hijos, hijas, tíos y tías, eran del arte, abarcando todas sus variedades, se metió de gato en casa de un inglés, en la calle Corrientes, y su respiración

51

fatigosa—pues era asmático—le traicionó, valiéndole un balazo y una buena condena.

Una vez, cierto ladrón conocido—un santafecino, Ludueña—que había sido soldado de línea, después desertor en la frontera y hasta capitanejo entre los indios, penetró en un almacén, luego de acostados los dueños y robó el dinero que encontró, llegando en su osadía hasta haber bebido y comido como si estuviera en su casa.

El robo lo practicó a vista y paciencia de los damnificados—un matrimonio italiano—quienes no se animaron a contar los detalles cuando dieron cuenta del hecho.

Al ser conocidos éstos por referencias o jactancia del mismo Ludueña, fue muy celebrada la hazaña, llegando ella a nuestros oídos.

Estando una vez preso por haber practicado un robo en la fábrica de baldosas "La Fe", y respondiendo a alguien que le preguntó si era cierto lo del almacén, dijo:

—¿Cómo no?... ¡Si yo vi que los gringos se hacían los dormidos y me aproveché!

El ladrón que penetra a una casa, va por lo general seguro de que nadie atentará a su vida; sabe muy bien si el dueño es hombre capaz de defender lo suyo, y en este caso, espera asegurarlo, o si en caso de sentirlo, evitará un lance.

Muy rara vez llegan a asesinos: para ello necesitan no tener ningún medio de que valerse a fin de tomar lo que codician o verse acorralados y sin más probabilidad de escapar a un fracaso que una puñalada dada a tiempo.

Su afán, su ambición, es poder llegar a ser maestros, a dirigir golpes sin riesgo, es decir, a hacerse de un capitalito y trabajar de campana.

Llegado a esa meta, el escruchante es feliz, y ha escapado al atorrantismo, que es su bestia negra.

¡Y asimismo, hay campana de éstos que de repente tropieza y quiebra su dicha: entonces rueda al abismo sin esperanza de levantarse!

Del cinismo hacen un arte, y suele no faltarles ingenio.

Un comisario pescó, en circunstancia muy especial, a cierto escruchante conocido: violentaba una caja en una mueblería, donde se había introducido.

El ladrón hacía su trabajo y de repente vio entrar a un changador de la casa, que le dijo:

—¿Qué hace usted?

—Silencio..., tengo una cita con la señora.

—¿Cita?... ¡Ahora verá!

Y a empellones lo sacó a la calle para entregarlo a un vigilante, ¡pero cuál no sería su asombro al verse agredido a trompada limpia! Acudió el vigilante, y ladrón y changador fueron conducidos a la comisaría por "desorden en vía pública".

Llevados, sin embargo, ante el comisario, éste, que era un lince para eso de ladrones, empezó a revolverle las respuestas y no tardó en descubrir la verdad: el desorden era un pretexto para ocultar la tentativa de robo.

El ladrón decía, no obstante

—¡Señor, ese changador es un canalla..., nos hemos peleado porque le cobré dinero, y ahora me sale con una pata de gallo![84]... ¡Está lindo lo que pasa!

LOS QUE CARGAN CON LA FAMA

Los que dan caramayolé o la biaba son los ladrones de la clase más íntima, es la plebe del mundo lunfardo: ellos no necesitan para realizar sus empresas usar el mínimum de talento. Un buen garrote esgrimido como maza, y descargado a tiempo sobre un transeúnte descuidado, o una pedrada en la cabeza, asestada a mansalva, son sus recursos favoritos, y éstos no son difíciles de usar.

No obstante, a veces estudian también las víctimas, a fin de no dar el golpe sin provecho, pero no es condición indispensable: se confían al acaso. Hay algunos de estos asaltantes que combinan sus golpes con habilidad, pero son raros.

El sargento Gómez me refirió a este respecto una hazaña del pardo Vilaró, llamado vulgarmente "el de los pavos", para distinguirlo de un

---

[84] Me sale con una pata de gallo: me dice un despropósito o tontería.

tocayo que se llamaba "el de los mates", que es un caso típico de asaltante, metido a ejercer de escrucho a la alta escuela.

En la calle Buen Orden[85], al llegar a Brasil, había una platería de aquellas que antes abundaban en el barrio del Sur, poblado casi todo por estancieros y gente de campo, cuyo comercio consistía en la venta de frenos, facones, espuelas y demás artículos similares, hechos de plata. La tienda era pequeña y lo poco de valor que contenía estaba encerrado en una vidriera movible, que descansaba sobre el mostrador, hacia la derecha, frente a un pequeño venta que, daba a una pieza interior, por el cual el platero, cuando no estaba en el negocio, veía todo lo que pasaba en éste.

La puerta de comunicación entre la tienda y la pieza interior quedaba hacia la izquierda.

Una mañana el platero tomaba su desayuno, cuando de repente ve entrar al negocio a un pardo grande y fornido, que levantando en alto la vidriera corría hacia la calle. Se echó tras él y consiguió hacerlo detener, pero ya no llevaba la vidriera ni fue posible dar con ella por más pesquisas que se hicieron.

El detenido fue puesto en libertad, y más tarde, se jactaba del robo y de su astucia, diciendo:

—¡Amigo, que son mulitas[86]!... ¡Yo tenía en la puerta de la platería un carro cargado de pasto verde, pero arreglado con un hueco en el medio; pasé, tiré la vidriera y seguí corriendo, seguido del platero! ¡Pobre hombre! ¡Ni coceó, y el carro se fue con la vidriera, mientras a mí me enloquecían a preguntas en la comisaría!... ¡Vivos los mozos!

EL PANAL EN LA LENGUA

Los que hacen el scrucho o cuentan el cuento, son simplemente, en buen romance, los estafadores, los más inteligentes, más astutos y de

---

[85] Calle Buen Orden: actual Bernardo de Irigoyen.
[86] Mulita: fig. Flojo, timorato, miedoso.

más buen tono en el mundo lunfardo; son, como si dijéramos, su aristocracia.

¡Y así son de odiados por sus congéneres los punguistas y los escruchantes!

Éstos se llaman batidores—delatores—y cuidan de ocultarles sus manejos lo más que pueden; pero todo es inútil: no escapan al ojo sagaz del estafador que es un infatigable caminador, y que, como anda día y noche por las calles en busca de otarios—víctimas—no deja de conocerles las guaridas y los trabajos en que andan ocupados. Se les oye decir con mucha frecuencia:

—¡Vea!... ¡El trabajo (robo) que hace un hombre, se conoce en el modo de caminar!... ¡Si fuéramos de la policía, qué pesquisas de mi flor!

El estafador, como el punguista, nunca camina solo. Siempre lleva a la distancia un compañero que le sirve para cualquier papel que sea necesario desempeñar.

Sus útiles de trabajo son simples: consisten sólo en un diario doblado, al cual le llaman el toco mischo—el montón pobre—o el balurdo, y en algunos cobres.

No se tienen por ladrones, y siempre dicen:

—¡Nosotros lo que hacemos es embromar a quien nos tiene por zonzos! ¡A los otarios les contamos un cuento, les ofrecemos una ganancia enorme, y encandilados, los clavamos[87]: eso es todo!... ¡No les hacemos daño, no los golpeamos, ni asustamos!... ¡Si se clavan, nadie tiene la culpa!

Si uno los apura, demostrándoles que son ladrones, exclaman

—¡Bueno!... ¡Entonces, también los otarios lo son!... ¡En el Brasil, la ley los castiga como estafadores!

Individuos de estos he conocido que cuando se les ha motejado de ladrones se han indignado.

—¿Yo ladrón?... ¡no he estado preso jamás por eso, señor!... ¡Yo no tengo sino estafas!...

—¿Y la estafa no es robo?

—¡No, señor; no es robo!... Dígame, ¿qué va a hacer uno cuando ve un tano (napolitano) que a fuerza de no comer junta unos marengos, y lo primero que hace es largarse a su tierra?... ¡Quitárselos!

---

[87] Clavar: engañar empleando malicia o fraude en los tratos y contratos.

55

—¡Pero eso está mal hecho!

—Pero señor, ¿y uno va a tener la sangre fría de dejar que se lleve la plata del país?

—¿Y acaso la plata es tuya?

—¡Claro que es mía!..., ¿cree que no soy argentino?

Y si es extranjero varía la respuesta, diciendo

—¡Mía no; pero sí de mis hijos que han nacido aquí!

Hay pillos de estos para quienes es una mala noticia saber que un trabajador extranjero ha abandonado el país, llevándose una fortuna.

Alcachofa, el ladrón más decidor que he conocido, decía siempre, cuando lo llevábamos a la comisaría:

—¡Aquí me tráin[88], señor!... ¡siempre por lo mismo!..., secuestro de marengos—parodiando el estilo de los partes policiales—¡a un gringo que quería volar!

Y éste murió en su ley: lo mató una puñalada, tirada por uno que, próximo a embarcarse, llevando unos ahorros, se encontró en un minuto más pobre que Job.

El método de robo en que la inteligencia desempeña un papel más activo, es la estafa.

El buen resultado para el ladrón depende de mil circunstancias que deben estudiarse, tales como el carácter del individuo, candidato a robado, sus tendencias, sus aficiones, sus amistades, su parentela, etc.

Todo debe ser tenido en cuenta, y no puede darse un paso sin premeditación, bajó pena de perder el tiró.

Por eso los estafadores veneran el tiempo: teniéndolo, son capaces de robar a un avaro.

Sus trabajos son largos, pero seguros.

Rara vez emprenden ellos la tarea de estudiar el individuó a quien van a hacer víctima de su habilidad: ese es trabajo del auxiliar, a quien ellos llaman changador de otarios, y que permanece siempre en la sombra, aun cuando lleva la parte más gorda de la empresa.

Este auxiliar es, por lo general, un almacenero, que es el confidente de todos los artesanos y sirvientes de su barrió, un amigo desleal e infamemente codicioso, un pequeño negociante con apariencias de

---

[88] Train: dicción inculta por «traen». Se trata de un fenómeno de disimilación de dos vocales abiertas; es muy frecuente en el habla inculta y rural.

honorable, en fin, un individuó que a mansalva se informa de las peculiaridades de cada semejante, y las vende luego a los que inventarán el cuento apropiado para despojarlo, los que fabricarán la ganzúa que les franqueará el acceso hasta la caja anhelada.

Jamás los estafadores dignos de fama malogran un esfuerzo: cuando se determinan a dar su golpe, es ya sobre seguro.

El vulgo generalmente dice:

—¡Amigo, que todavía haya tontos que se claven con estas cosas!

Esta frase es hija de la ignorancia: no es que la víctima sea un tonto, no es que haya visto el lazó que le tienden: es que las cosas se le presentan con tal habilidad y con tal disimuló, que no hay previsión ni desconfianza que valgan.

Un buen día se encuentran con un paisano y amigo—recién venido, a estar a su declaración—que les habla de la familia ausente, de la carta última que ha recibido, de las noticias en ella consignadas, relativas al estado de ánimo y fortuna del pariente que está en América, y éste cree a pie juntillas que quien le habla es efectivamente persona de su pueblo, amigo de los suyos, uno de esos seres indiferentes, cuyo recuerdo se ha borrado de la memoria con el transcurso del tiempo.

Y entabla la relación; establecida la confianza, pronto la empresa habrá llegado a su término.

¿El individuó es desconfiado y avaro?

El cuento que se prepara halagará su pasión predominante, y será no para que hable a su imaginación, sino a su juicio.

¿Es la víctima futura un imaginativo o un aventurero que quiere forzar la suerte?

El cuento tendrá todos los caracteres necesarios para arrebatarlo.

El sargento Gómez y Regnier—mi maestro inolvidable más tarde, en los días en que ya la fortuna comenzó a sonreírme y que me sirvió de guía para penetrar en el bajó mundo social de Buenos Aires, cuyos misterios haré desfilar ante la vista de mis lectores en cursó de estas Memorias—me fueron enseñando poco a poco a distinguir los caracteres de las cosas que como en un caleidoscopio pasaban ante mi vista.

El primero me contó algunas estafas en que él había intervenido como empleado, en el tiempo viejo, que son, para aquella época lejana, obras maestras de habilidad, que si bien no pueden compararse con las de la época actual, que son verdaderas maravillas, dan ya una idea de lo que es el estafador y de los recursos de que echa mano para conseguir sus fines.

NO LE SALVÓ SER MINISTRO

Era teniente cuando en la Piedad, allá por 18..., un asturiano llamado José Cañete y Puertas, hombre ahorrativo y económico, amigo de las monedas como un judío, y más deseoso de hacer fortuna que de llegar a conquistar fama de santo y verse un día adorado en pintarrajeada efigie por creyentes masculinos y femeninos.

A fuerza de guardar sus sueldos, limpiar las alcancías cuando podía y desplegar toda su astucia para cazar propinas y estipendios, había llegado a juntarse sus buenos cincuenta y cinco mil pesos de la antigua moneda, los cuales, en billetes del Banco de la Provincia, dormían tranquilos en el fondo del inmenso baúl que lo acompañaba desde su tierra.

Cosa es que nunca pudo averiguarse cómo dos lunfardos llegaron a conocer el tesoro de Cañete: el hecho es que se lo robaron de una manera ingeniosa.

Una tarde, al toque de oraciones, llegó a la sacristía un individuo al parecer italiano, cohibido, tímido, cortado, y le dijo que un amigo suyo que estaba moribundo deseaba confesarse con él, que sabía era caritativo y generoso.

—No puedo salir ahora.

—¡Pero señor!..., ¡el pobre Juan está enfermo!..., ¡mañana no hablará más!..., ¡por caridad, vaya a verlo!

—¡No puedo y no puedo!...

—¡Le haremos cualquier demostración!... ¡Tenemos dinero!

—¿Dinero?..., ¿cuánto me dará?

—¡Doscientos pesos!

—Bueno... ¿dónde está la casa?

—Aquí cerca... calle Paraná número setenta.

Y el cura Cañete, próximo a tener un suplemento de doscientos pesos, entró contoneándose al número 70 de la calle de Paraná, acompañado de aquel cuya oratoria había vencido su voluntad.

El número 70 era un cuartujo de mala muerte. El cura, al penetrar, no encontró sino un miserable catre en un rincón y en él, agonizante, un hombre ya de edad.

Alumbraba la escena una luz mortecina, emanada de una vela colocada en el cuello de una botella.

El moribundo, al entrar el sacerdote, levantó la cabeza toda reatada[89] y la dejó caer pesadamente sobre la bolsa que le servía de almohada.

—¡No se mueva, hermano!...—dijo Cañete con voz que quiso hacer tierna, y acercando a la cama del enfermo la única silla que había en el cuarto, se sentó.

Su acompañante se paseaba cabizbajo a lo largo del muro más lejano del grupo.

El cura Cañete comenzó a hablar como interrogando, luego acercó más su silla al enfermo y volvió a escuchar lo que éste hablaba.

De repente se levantó y dirigiéndose al que había sido su acompañante, le dijo con tono compungido:

—Da lástima, ¿eh?... Ya vuelvo; voy a buscar un crucifijo..., ¡es necesario que ese pobre muera como buen cristiano que es!

Y salió.

El enfermero se acercó al enfermo y éste le dijo con cara alegre:

—¡Pisó el palito!.. ¡cái como un ángel!

Minutos después se sintió el taloneo del cura, que esta vez venía como volando.

Volvió a acercarse al enfermo, habló algo con él y no tardó en dejarlo.

El enfermero lo salió acompañando, y lo acompañó hasta la misma esquina de la iglesia: Cañete volvió varias veces la cabeza mientras atravesaba el atrio y allí estaba el pobre italiano mirándolo y poniendo una cara como de quien no puede aguantar el llanto.

Cañete siguió el largo pasadizo que, abriéndose sobre el atrio, conduce a la sacristía, y no bien desapareció, el acompañante echó a correr calle arriba.

---

[89] Reatado: atado apretadamente.

Dos minutos después, el cura atravesaba el atrio con la sotana levantada y llevando una bolsita en la mano.

Corrió hasta el número 70, y llamó: no obtuvo respuesta.

Siguió llamando apresurado, y al fin, a los golpes, vino el almacenero de la esquina, quien al encontrarse con el cura se sorprendió, y más al oírle decir:

—¿Dónde está el enfermo?

—¿Qué enfermo?

—El que vivía en este cuarto.

—¡Si este cuarto no está habitado todavía!... ¡Hoy me lo alquilaron unos mozos, pero aun no han traído sino un catre!...

El cura no oyó más, y salió en dirección a la comisaría a dar cuenta de que lo habían robado.

Se abrió la puerta y en el cuarto no se encontró sino un catre y un cabo de vela.

Enfermo y enfermero se habían hecho humo.

Para engañar al pobre Cañete, los ladrones halagaron su pasión dominante.

El enfermo le dijo que bajo la almohada guardaba cinco mil pesos en oro,—que entonces tenía un premio de ciento veinticinco por ciento[90] —y que quería dejarlos para misas, pero que deseaba dejarle cincuenta mil pesos papel a su cuñada, que vivía en Flores, y era el único pariente que tenía.

Cañete se ofreció para decir las misas.

El enfermo aceptó, pero agregó:

—Hay una dificultad. ¡El dinero de mi cuñada quiero que lo lleve mi amigo que me ha ayudado tanto! Deseo darle algo a él, pero quisiera que no supiese que dejo para misas... así, si usted pudiera cambiarme por papeles, yo haría el reparto mañana... ¡No he de morir todavía!

Cañete vio un negocio espléndido en el cambio y trajo sus pesos a pretexto del crucifijo, recibiendo por ellos una bolsita llena de... balas achatadas.

Su amor a las monedas lo dejó en el mismo estado financiero en que llegó al país: todo fue, pues, cuestión de comenzar de nuevo.

Jamás pudo dar la policía con los ingeniosos autores de este cuento.

---

[90] La devaluación de la moneda papel con respecto a la moneda oro es la base de esta estafa. Los 5.000 pesos oro valían 625.000 pesos papel.

CUPIDO Y CACO

Otro scrucho o cuento lindo—digno del anteriores el que hubieron de hacerle a don José Robillotti, honrado italiano, que a fuerza de labor había conseguido acumular unos dos mil nacionales.

El amigo Robillotti, viudo, vivía en una casa de inquilinato, ubicada en la calle de Reconquista, en compañía de Rosita, su hija.

La tal muchacha, con sus 14 años, su carita rosada y sus piernas gruesas y bien torneadas, era algo apetitoso y tentador y hacía la desesperación de los dandys del barrio, que no perdían ocasión de verla pasearse en la vereda con sus coquetos vestiditos rosa, sus delantales negros guarnecidos de trencilla punzó con pliegues de pestaña, haciendo cantar sus zuequitos escotados, y moviendo al son de esa música su cuerpo flexible y airoso.

Y, ¡luego los vestiditos que usaba!... Si eran lo más traidores: jamás cubrían las hermosas piernas tentadoras, calzadas, por lo general, con medias punzó.

Esas piernas eran, para los adoradores de Rosita, como la miel para las moscas.

Y ella lo sabía la muy mimada, y sin embargo se hacía la inocente, y las declaraciones más ardientes, los piropos más expresivos y más achicharradores, apenas le arrancaban como contestación un:

—¡Puerco!... ¡Cochino!... ¡Qué más se quisiera!... ¿Quiere ver que llamo a me tatas?

Frases con las que dejaba helados a sus novios, que se contentaban con mirarla desde la esquina, blanqueando los ojos, retorciéndose el bigote, si lo tenían o pellizcándose el punto donde debieran tenerlo, y entregándose a toda suerte de ejercicios gimnásticos con sus respectivos bastones, cosa que creían la más sublime expresión del chic y la más elocuente prueba de su experiencia en asuntos amorosos.

¡Pero Rosita era insensible a estas demostraciones equilibristas!

Un buen día dejó de salir a la vereda, y en el barrio se corrió la voz de que la visitaba un mozo, empleado de la Municipalidad. Como no volvió a aparecer en la calle, sus adoradores, fastidiados, fueron a ser satélites de otras constelaciones.

Desde entonces se vio a Robillotti acompañado de un joven al parecer criollo, llevando con cierta elegancia un trajecito de saco, de esos que son una falsificación de última moda,—hechos con toda conciencia por un sastre baratillero—y que era de su misma opinión en todos los asuntos que trataban.

Evidentemente, era un yerno futuro: sólo éstos son capaces de pensar en todo igual a otro hombre; es privilegio de los que están por ser suegros encontrar quien no los contradiga en nada.

Una tarde venía por bajo los sauces de Palermo el sargento Gómez, cuando de repente se topó con un ladrón, conocido por el apodo de Silvita que, acompañando a un individuo que respiraba honradez por todos sus poros, se ocupaba en contar los árboles del bosque.

Sospechando que fuera una víctima futura del acompañante, le interrogó sobre lo que andaba haciendo, y le encontró muy reservado y poco dispuesto a hablar de sus intenciones y miras.

Silvita, colorado hasta las orejas, se entretenía en mascar unas hojitas de sauce.

El sargento se llevó los dos ciudadanos a la comisaría y allí se descubrió el pastel.

El paseante del bosque—que no era otro que Robillotti—cuando supo qué clase de pájaro era su acompañante, cantó de plano.

Dijo que este era el novio de su hija, y que hacía seis días que la había pedido en matrimonio, declarándole que no podía casarse hasta no realizar un negocio que tenía entre manos.

Interrogado por él sobre la naturaleza de este negocio, le había dicho:

—Yo soy empleado municipal, y puedo sacar con facilidad el corte de todo el sauzal de Palermo. Pagan veinte centavos por cada árbol y dejan éste a beneficio del contratista; pero hay que dar una garantía de dos mil nacionales y yo no los tengo.

—Pero los tengo yo... y es lo mismo, dijo Robillotti, que, habiendo sido carbonero, conocía el precio de la leña, y como buen genovés, calculó en un segundo que la fortuna llamaba a su puerta.

—¿Cuántos son los árboles?

—Amigo Robillotti, va a ser un sacrificio...

—¡Bueno!... no hablemos más de eso. ¿Cuántos son los árboles?

—No lo sé.

—Mañana los contaremos... ¡ofrezca no más la garantía!

Y Robillotti andaba ya por largar la mosca[91], cuando para felicidad de su bolsillo, lo encontró el agente policial.

Silvita halló cierta toda la relación del que hubo de ser su suegro y se contentó con decirle cínicamente:

—¡Qué mi suegro este!... ¡Hubiese querido verle la cara cuando los chafes (vigilantes) lo hubieran agarrado cortando sauces!

Robillotti no paró hasta su casa.

Allí instruyó a Rosita sobre el fracaso de su casorio, y ésta, pasada la primera impresión, volvió de nuevo a la vereda a lucir sus piernas torneadas y a hacer cantar a sus zuecos el aire con que acompañaba los movimientos graciosos de su cuerpo flexible.

EL PRIMER CLIENTE

Acababa de recibir su título de abogado y de instalar su estudio con toda coquetería.

Eran dos pequeñas piezas situadas en una casa de altos de la calle de Bolívar, puestas con la magnificencia que sus escasos recursos le habían permitido y que consideraba regias, dado el esfuerzo que le había costado alhajarlas.

¡Era en ellas un rey!

¡Qué pequeños y miserables conceptuaba, comparados con él, al estudiante de primer año que debía servirle de amanuense y que era un comprovinciano suyo y al gallego Manuel que le servía de mandadero!

Ambos no le llamaban sino el doctor, como obligaban las tablillas que tenía a la puerta, y le halagaba que no le olvidaran el título ni aun en la más insignificante emergencia de la vida.

Esa frase que se había ganado y que le distinguía de los demás mortales, le sonaba en el oído de una manera especial: la encontraba dulce, acariciadora, melodiosa.

Tres días hacía que a las doce en punto llegaba a su oficina vestido

---

[91] Mosca: dinero.

todo de negro, con levita y galera, llevando en la mano un rollo de papel, y que veía al amanuense y a Manuel, que dejaban los dibujos y letras góticas que se ocupaban en borronear y le saludaban, volviendo a su tarea luego que él se instalaba en su escritorio con toda prosopopeya.

Ya esta escena se le iba haciendo familiar, cuando al cuarto día entra al estudio y en vez de hallar sus súbditos haciendo ensayos caligráficos, los encuentra nada menos que parados al lado de la puerta como jugando a quien le abordaba primero.

Algo extraordinario le ocurrió que acontecía, e interrogó al amanuense que con una presteza suma le contestó:

—Ha venido, doctor, un señor de edad, acompañado de una niña. Dijo que quería confiarle un asunto. Yo le dije que volviese a las doce y media.

El amor propio le impidió abrazar al amanuense.

¡Un cliente!

¡Ya le parecía que la fortuna estaba en su mano!

Comenzó a pasearse inquieto, en el escritorio, hasta que oyó la voz de Manuel que decía: "Ahí están", con un tono tal, que traducía a las claras su alegría por haber aventajado al amanuense en una información para el doctor, que era el Dios de ambos.

No tardó en hallarse en su presencia un señor alto, de maneras distinguidas, vestido de negro, con el cabello blanco, cortado en forma de melena.

Acompañábalo una niña de quince o dieciséis años, espléndidamente bonita y vestida con una sencillez y una elegancia admirables.

Para más señas, tenía un hoyito en la barba que se llevaba los ojos de uno, como si no tuvieran dueño. Mientras duró la conferencia con el padre, no le quitaba la vista de encima, y ella bajaba la suya, se ruborizaba, y para disimular su turbación, jugaba con el abanico con un aire infantil que enloquecía.

Quedaron con el padre en que al día siguiente le llevaría los antecedentes de la cuestión que quería entablar, que era intrincadísima.

Le prometió, sin embargo, que la ganaría con costas y aun que haría encarcelar a la parte contraria.

¡Con qué ansia esperó el día próximo!

¡Imagínenlo los que puedan, no olvidando que se trataba de su primer cliente, y de una muchacha de quince años, que tenía unos ojos

64

más alegres que un informe in vote 36 de cualquier abogadillo ramplón![92]

Esa noche soñó con una porción de cosas bellas, y todas ellas tenían algo que ver con la hija del cliente de la melena.

Llegó, por fin el día y con él la hora de oficina.

Se hallaba en su escritorio, y sin embargo le parecía que no era cierto; le faltaba el aplomo; el corazón le latía.

Paró un carruaje de repente: se puso de pie como movido por un resorte.

¡Ahí estaban, ella y él!

Cuando vio que no entraba sino ella, casi se cayó la emoción le paralizaba la lengua.

—Señor doctor, habiéndose enfermado mi padre...

—Señorita..., señori... ta, crea que...

—...no puede concurrir y me...

—¡Valiente!... Tanta incomodidad... ¡Tome usted asiento!

—...¡envía con estos papeles para que usted los revise!

Le tomó los papeles, y cuando sus dedos rosados tocaron los suyos, sintió un cosquilleo en el corazón, en la espalda y en las piernas, que, francamente, le hizo pasar un mal rato.

Ella, ruborosa, le miraba con sus ojos brillantes e incomparables.

Revisó los papeles a la ligera y se convenció de que no le daban luz alguna en la cuestión.

Lo manifestó así a la portadora, y con este motivo entró en una agradable conversación, que degeneró en charla bullanguera.

Cuando se despidieron eran lo más amigos, y ella prometió volver al día siguiente a traerle nuevas luces, cosa de que él no dudaba, mirando sus hermosos ojos pardos, dulces y tiernos.

Las visitas, para darle datos, se repitieron unos seis u ocho días. Durante ellos, no se ocupó de clientes ni de nada: no tenía más preocupación que Angelina, y ella, según se lo había manifestado, en momentos en que la ternura llevaba a tocarse sus cabezas, no tenía tampoco más preocupación que el doctor.

Una tarde en que el idilio alcanzó proporciones alarmantes, y en que su boca sedienta de besos, pedía y pedía sin cesar pruebas del amor que

---

[92] Ramplón: tosco, vulgar, desaliñado.

reflejaban los ojos de la hija del cliente respetable, ésta le prometió la gloria: a las doce de la noche le esperaría en la sala de su casa en la calle de las Artes[93], cuyo zaguán sería dejado entreabierto para darle paso.

Esta sentencia definitiva que se prometía a sus súplicas, le entreabría el cielo.

Toda esa tarde se creyó un Tenorio.

Con el último campanazo de las doce, dado por el reloj de San Nicolás, penetraba él sigilosamente a la casa de su amada, y se arrojaba en sus brazos.

Un mundo de besos fue el saludo: era mudo, pero expresivo.

Luego se encaminaron a tientas a una butaca, pero no se habían sentado aún, cuando en una de las puertas interiores apareció el respetable cliente con una vela en la mano y seguido de dos testigos.

La inocente muchacha aprovechó la confusión para hacerse humo.

Él estaba alelado.

—Ha pretendido usted corromper a una menor... ¡los señores son testigos! Voy a labrar un acta y...

—¡Es inútil, señor! ¡Yo voy a retirarme!

—¿Sí?..., ¡está bien! ¡Sin embargo, sepa usted que si para dentro de tres días no me entrega dos mil nacionales, me presento a los tribunales y le armo una cuestión que le dé por resultado perder su título cuando menos!

Y se retiró alicaído y cabizbajo, mortificado por su amor propio, ajado y deprimido, y dejando en poder de su cliente un documento firmado en que constaban prolijamente las circunstancias y pormenores de su desventura.

Reflexionó con calma, y vio que lo mejor era echar tierra al asunto y pagar sin decir una palabra.

¡Y pagó su chapetonada![94]

Testigos fueron las letras del Banco de la Provincia, que conservó mucho tiempo como recuerdo de su primer cliente, que era nada menos que el ladrón más sagaz y más fino que ha producido Buenos Aires.

Su nombre es conocido: El Cuervito.

---

[93] Calle de las Artes: actual Carlos Pellegrini.
[94] Chapetonada: inexperiencia o torpeza del que es nuevo en alguna actividad.

AL REVUELO

Los lunfardos que cuentan el cuento, dan a cada uno de sus robos un nombre distinto y apropiado a los medios que usan para efectuarlo.

Cuando estafan, valiéndose de los sentimientos religiosos, dicen que han hecho "un católico", y si han empleado el recurso de los papeles inservibles, o sea el balurdo, han hecho un toco o un vento, mischo.

También tienen otro golpe lucrativo, que es el cambiazo, o sea el engaño, la mistificación, otra prueba del ingenio de estos perdularios que si dedicaran su inventiva y sus facultades a cosas útiles, producirían verdaderas maravillas.

Un señor, vestido con cierta elegancia, comienza a llegar a hora determinada a un almacén, cuyo propietario encierra en el fondo de su alma un inmoderado deseo de lucro, que tal vez ha pasado desapercibido para el vulgo, pero que el olfato finísimo de los estafadores ha descubierto.

Compra, por ejemplo, un paquete de cigarrillos y una caja de fósforos, diariamente y a la misma hora: el almacenero nota la singularidad y designa a su cliente con el mote de "el de los cigarrillos", llegando un momento en que ya el cliente no tiene ni necesidad de solicitar su consumo.

Cuando ya ha sido notado, pregunta un día si hay buen Oporto o buen Coñac, y toma una copita de pie, al lado del mostrador, con aires de hombre cuya dignidad se sentiría deprimida penetrando al despacho de bebidas donde pulula el vulgo de los bebedores.

Este pequeño consumo a hora fija, establece una especie de intimidad entre el almacenero y su cliente, que, como es locuaz y comunicativo, le hace saber que es un funcionario de categoría elevada, más o menos en los ramos en que el almacenero pueda tener algún día necesidad de un buen padrino, o si no hombre de influencia en el círculo político dominante o con el comisario de la sección o con la comisión de higiene de la parroquia.

Iniciada la amistad, y luego intimada merced a la regularidad del consumo de la copita y el buen pago diario, con propina de los dos o tres centavos sobrantes y sin aceptar el fiado ofrecido, un buen día el hombre se saca un anillo con un gran solitario, o un rico reloj de oro, con cadena maciza y vistosa, y dice al almacenero:

—¡Vea!... ¡Hágame el favor de hacerme tasar esta prenda con algún joyero de su confianza, algún amigo de conciencia!... ¡Tengo necesidad de saber exactamente su precio!

El almacenero acepta complacido la comisión, y al otro día le informa que la alhaja es riquísima y que puede valer como mínimum seiscientos pesos.

—¡Bueno, amigo!... ¡Me alegro!... ¡Estoy salvado!... Figúrese que necesito trescientos pesos por cuatro o cinco días para un compromiso, y un usurero a quien le llevé la prenda me dijo que ésta no era buena y que por ello, si me daba los pesos por cinco días, me cobraría cincuenta de interés.

—¡Qué bárbaro!—dice el almacenero, escandalizado, pero brillándole los ojos.

—Voy a buscar otro más humano, ¿no le parece?

—¡Claro!

—¡Le dejo la prenda y le pago treinta pesos cuanto más!

—¡Es natural!... ¡Vea, si no se ofende..., ocúpeme con confianza!... ¿Qué diablos, para qué son los amigos?

Y cierran el trato.

A los dos días se presenta el cliente con un amigo que va a comprar la prenda en setecientos pesos y quiere verla.

El almacenero la trae, la ven, la revisan, y luego se la devuelven y se retiran los amigos, después de un consumo moderado del "Oportito" famoso, o del "Coñaquito, capaz de despertar a un muerto".

Y el cliente no vuelve a aparecer más por el almacén.

El almacenero, cansado de esperarlo, pone avisos en los diarios, llamándolo, si es muy amigo de formas legales, pero constatando con dolor, recién, que ignora, no solamente el domicilio del cliente, sino también su nombre y apellido.

La duda le asalta y va a ver al joyero que le tasó la prenda, y éste le declara rudamente que no es la misma que le llevó la primera vez sino una imitación.

Y aquí son los improperios, las maldiciones, el lamento con todas las personas que entran al negocio, pero nada le vale: el cambiazo se efectuó delante de sus ojos y no supo verlo, y los trescientos pesos volaron del cajón como por arte de encantamiento.

XV

LOS MISTERIOS DE BUENOS AIRES

Mi permanencia en el delicado servicio que tenía a su cargo el sargento Gómez, fue la mejor escuela de la vida a cuyas aulas yo pudiera concurrir, y en ella aprendí a conocer este Buenos Aires bello y monstruoso, esta reunión informe de vicios y de virtudes, de grandezas y de miserias.

Yo penetré el movimiento de los hombres en sus calles estrechas, las pasiones que encierran los palacios y los conventillos, los intereses que se juegan diariamente desde la Bolsa a los mercados, y, nacido en las más humildes esferas, ascendí peldaño a peldaño la larga escala social, tendida entre el humilde vigilante, que, parado en una esquina, expuesto a las inclemencias del tiempo, ignora todo lo que no se relacione con el pequeño radio puesto a su cuidado, y apenas sospecha los sucesos de más volumen que ocurren fuera de su parada y la vida turbulenta y accidentada de los hombres de mundo.

Todo lo que vi y aprendí en mi larga y penosa ascensión, todo desfilará en las páginas de estas Memorias, y si no en este volumen, en otro que le seguirá reflejaré con toda la precisión que me sea dado, las cosas y los hombres que encontré en el andar de mi vida y los sucesos extraordinarios en que más de una vez tuve que actuar.

XVI

EL HOMBRE PROVIDENCIAL

Un suceso criminal que después relataré y que forma uno de los capítulos más importantes de mi vida, me proporcionó ocasión de distinguirme, y fui ascendido a sargento y nombrado en reemplazo del viejo Gómez, que fue jubilado.

La noche del día en que recibí mi nombramiento, me retiraba a mi modesto cuarto de conventillo—pues tiempo hacía que había dejado el que por meses ocupara en casa del comisario—e iba con el corazón lleno de ilusiones, y cantándome en el alma un coro de alegría, cuando de repente, al volver la esquina de Piedad 88 y Suipacha, me topé de manos a boca con un hombre que pretendió ocultarse en el hueco de una puerta.

Era un individuo correctamente vestido de negro, de levita perfectamente abrochada y sombrero de copa, y llevaba bajo el brazo un bastón, cuya contera reluciente brillaba con los primeros rayos de luna que comenzaba a alzarse sobre el atrio de San Miguel.

En el suelo y ante él, estaba un pequeño paquete y al lado el cajón de la basura, perteneciente a la casa en cuyo umbral se había detenido.

Cuando se irguió, le conocí, a pesar de hacer seis meses que no le veía: era el concurrente a las antesalas del Ministerio del Interior, el visitante del mayordomo, don Tomás Regnier, aquel hombre cuya miseria tanto me había llamado la atención en mis horas de guardia, frente a la puerta de la sala de espera y cuya silueta he presentado al comenzar estas Memorias.

—¡Hola amigo!, ¿qué hace?

—¡Qué quiere que haga, señor vigilante! Disputaba a aquel atorrante—y alzando el brazo me mostró un perro de esos callejeros, flaco y sucio, que parado sobre tres de sus cuatro patas por tener una enferma, nos miraba desde el atrio—¡esos restos de pescado y de puchero que he envuelto en ese diario!

—¿Para qué?

—¡La pregunta!... ¡Para cenar!... ¡La vida hay que hacerla a pesar de todo, señor vigilante!

—Dígame, ¿no es usted aquel hombre que concurría todas las tardes al Ministerio del Interior, y que se iba a curar en la Convalecencia?

—¡El mismo, sí, el mismo!... ¿Y Vd. quien es?

—¿No se acuerda de mí?... Aquel agente que le dio cinco pesos para que fuera...

—¡Oh! ¡Oh!... ¡Sí! ¡Sí!... ¡Oh! ¡Me acuerdo bien, sí!... ¡Después no lo he visto más!... ¡Y eso que voy al Ministerio como siempre!...

—¿Y se curó?

70

—¡Muy bien, gracias, muy bien!... Hoy ya estoy sano de los vahidos (perfectamente sano), pero la posición ¿sabe usted?... ¡la posición social..., eso sigue mal, muy mal!... ¡La suerte es caballa!

Me dio lástima aquel pobre ser enclenque y miserable, que disputaba a los perros callejeros su alimento y, diciéndole que me siguiera, lo conduje hasta "La Croce di Malta", en la calle cortada del Mercado del Plata, donde a todas horas de la noche se encontraba un pan, una botella de vino y un plato de busecca.

Allí, en una mesa, cerca de otra, donde un grupo de trasnochadores hacía su colación alegremente, nos sentamos los dos, y luego que él saludó con complacencia y gran dignidad a los turbulentos vecinos, diciéndome, mientras movía la cabeza y sonreía: "son los muchachos de los diarios, ¿sabe?, los noticieros de la Patria Argentina[95], La Nación, La Prensa, que vienen a conspirar contra los directores porque no les aumentan el sueldo", nos pusimos a comer.

De esa noche data mi amistad con el hombre extraordinario, cuyas aventuras forman por sí solas el volumen más curioso de la vida porteña que pueda imaginarse, y data también mi engrandecimiento moral, pues, si bien yo le proporcioné los medios de regenerarse físicamente, él, en cambio, me dio alas, me arrebató consigo y me puso en aptitud no sólo de hacer con brillo mi camino, sino también de escribir estas Memorias, cuya primera parte termina por haber llegado el momento en que el vago de las cuchillas, el humilde soldado del 6º, alcanzando al puesto de sargento en la policía de Buenos Aires, pudo ensanchar la esfera de su acción y dejar a la espalda los días oscuros en que el anónimo mataba todas sus iniciativas e invalidaba sus penosos esfuerzos!

---

[95] Patria Argentina: periódico político, noticioso, literario, comercial; se publicó en Buenos Aires desde el 1º de enero de 1879 hasta el 31 de octubre de 1885. Su director fue Alberto Gutiérrez y sus redactores José María y Ricardo Gutiérrez. Sostenía la orientación del Partido Nacionalista. En total publicó 2.370 números.